爺《じじ》いとひよこの捕物帳

七十七の傷

風 野 真 知 雄

幻冬舎時代小説文庫

爺《じじ》いとひよこの捕物帳

七十七の傷

目次

第一話　水を歩く

一

霊巌島《れいがんじま》の新堀沿いに駆けてきて、喬太《きょうた》は朝靄《あさもや》がかすかに残る大川端に出た。

二十人ほどの客でいっぱいになった渡し船が、いまにも桟橋を離れようとしていた。船頭の持った竹竿《たけざお》が桟橋の縁を突こうとするのに、

「乗ります、乗せてください、船頭さん」

「いっぱいだよ」

「そこをなんとか」

喬太は長い足を扇でも広げるように伸ばすと、なかば無理やり飛び乗った。

二文の船賃を渡し、艪《ろ》を漕ぐ船頭の足元に座り込む。

「なんだよ。でかい野郎は遠慮しろよ」

と、隣りに座っていた男がぶつくさ言った。

「すみません」

と、小声でわびて、肩をすくめる。喬太は十七だが、背が高い。五尺七寸ある。五尺二寸もあれば立派な大人だから、下手すると頭ひとつ大きい。そのかわり、ひょろひょろと痩《や》せている。

膝《ひざ》を抱え、長い足を折りたたむようにした。

上げ潮と川の流れがちょうど折り合う刻限らしく、船はもどされも流されもせず、まっすぐに滑るように川の中へ出ていく。正面の舳先《へさき》の、一間《いっけん》ばかり上のあたりに朝陽があり、大川にやわらかい光の破片をまき散らしている。

――ああ、気持ちいい。

すこし潮の匂《にお》いをはらんだ風が、たいした湿り気もなく、さらさらと喬太の額や襟元をあおいでいく。その風が靄をはらって、朝の光景をくっきりときわだたせた。

梅雨《つゆ》は明けたらしい。いよいよこれから本格的な暑さが始まるのだ。

――夏のほうがいっそ爽快《そうかい》だ。

喬太は頭上の青空を仰いだ。

霊巌島の岸から、対岸の深川へ渡る船である。

まだ、新大橋も永代橋もない。大川には、ずっと上流に大橋（両国橋）が架かったばかりである。

川の中ほどまで来れば、視界は四方八方にさえぎるものがなくなる。空と水の真ん真ん中に連れて来られた気分である。

叫びたいほど気持ちがいい。

ただ、大川の水は、思ったほど澄んではいなかった。黄色く濁っていて、深川が近づくにつれ、その濁りはますますひどくなった。

流域で、新たな運河が次々に掘られているせいなのだ。

小名木川はすでにある。これは行徳からの塩を運んで来るため、家康公が江戸に入府するとすぐに掘削された人工の掘割だった。

このほかに、喬太はまだ見ていないが、竪川《たてかわ》だとか大横川、横十間川などの掘割がすでに掘られ、ほかにもいくつもの工事が進捗《しんちょく》しているらしい。

明暦の大火以後、江戸は大きく変わりつつある。

大火のことはよく覚えている。忘れようがない。

三年前の正月の十八日（旧暦）に本郷の本妙寺から出た火は、大風にあおられるまま、神田から浅草一帯、八丁堀から霊巌島に広がり、さらには佃島《つくだじま》や深川にまで飛び火して焼き尽くした。

いったんは火が収まったかと思えたが、翌日には小石川と番町から燻《くすぶ》り始め、これも強い風に勢いづきあの堅牢な千代田のお城さえ炎に包み、天守閣まで焼け落としてしまった。

この火事で神社仏閣は三百五十、大名屋敷は五百余、町家四百町、片町八百町が焼け、亡くなった人の数は十万七千人にも及んだという。

焼死者は本所の二町四方に船で運び、埋めた。ここに国豊山無縁寺回向院《えこういん》を建立《こんりゅう》し、亡くなった人たちの霊をとむらったのである。

喬太の父親、源太《げんた》もこの火事で行方《ゆくえ》がわからなくなっていた。

火を避けるために、父の源太は喬太と母のおきたをつれて海に向かって逃げた。道端の塀から力ずくで板を数枚はぎとり、鉄砲洲から石川島までこの板にしがみつかせるようにして、どうにか渡らせた。それからもう一度、

「仕事道具を取ってくる」

と言って、寒風が吹きすさぶ中を、泳いで対岸に向かった。それきりもどって来なかったのである。

父の源太は引き返す前に、喬太の肩を励ますようにぱんぱんと二度、強く叩いた。そのときの痛みは三年以上経《た》ったいまも、痣《あざ》になって残っているように感じられる。

母親のおきたは、源太の遺体を捜して、方々を歩きまわった末に、

「本所に集められた遺体の中に、あの人らしいのがいた」

そう言って、号泣した。これで、喬太の父親は死んだことになった。

おきたが近所の人に、

「あの人といっしょになるんじゃなかった。所帯を持つときも思ったんだよ。この人といると、きっとつらいことが起きるって。これがそうだったんだね」

そんなふうに愚痴《ぐち》るのも聞いたことがあった。

だが、喬太には、

――本当に死んだのだろうか。

という疑いがある。おきたは猫の遺骸でさえまともに見られないくらい、気の弱い性格である。山積みにされた遺体の中から亭主の遺体を捜し当てたということさえ疑

わしい。しかも遺体はどれも損傷がひどく、とても見分けられる状態ではなかったとも聞く。

もうひとつ。

あれは火事が出る前の日のことではなかったか。仕事場にいた父の源太が、ささやくようにして、

「おい、喬太。おとうにもしものことがあっても、捜すんじゃねえぞ」

そう言ったのである。

そして、いまは形見にしている矢立《やたて》を手渡してくれた。もしものことというのは、火事にまぎれて行方がわからなくなっても、という意味だったのではないか。

——あれは、夢だったのだろうか。

いまとなると、そんな気持ちもある。だが、喬太はどうしても父親の死を信じたくないのだ。実際、火事から二年も経って、戻ってきた人がいるという話も聞いていた。その人は、倒れてきた材木で頭を打ち、なにもわからなくなっていたという。たとえ、呆《ほう》けたようになっていても、生きていてくれたらいいと思う。

あれから三年——。

丸焼けになった江戸が、すでにすごい速さで復興しつつある。

人の力の凄さ、逞《たくま》しさには、目を瞠《みは》ってしまう。

川がなかったところに川を通し、橋をつくり、巨大な建物をこしらえてしまうのである。それどころか、海まで埋め立てようという勢いである。

町が変わっていくようすは、面白いし、どうなっていくのか楽しみでもある。だが、同時に不安も覚えてしまう。その不安はなぜなのか、喬太はよくわからない。もしかしたら人には、変わることに対する怖《おそ》れが本能的にあるのかもしれない。

ぼんやりそんなことを思っていると――。

「水の上を歩いて消えたんだってな」

と、船頭が客に訊《き》かれた。

喬太は思わず耳を澄ました。

「思い出させないでくれ。おら、一部始終を見てたんだ。あのあと、ろくろく飯も食えねえよ」

三十くらいの生真面目《きまじめ》そうな船頭は陽に焼けた顔をゆがめ、苦々しげに答えた。

渡し船の船頭はほかにもいる。現につい先ほども、対岸からの船とすれちがった。

しい。

だが、喬太がこれから調べようとしていることに出食わしたのは、この船頭だったら
「夢でも見たんじゃねえのか。最後にコーンと鳴かなかったかい」

と、客がからかうように言った。

「馬鹿言えや。現に大和屋《やまとや》は大怪我を負ったし、見た者は大勢いるんだからな」

船頭の言葉に、ほかの客たちもうなずき、身を震わせた。

三日前の夕刻に、この大川の上で奇妙な事件が起こっていた。

渡し船の中で、茅場町《かやばちょう》にある酒問屋大和屋長《ちょう》右衛門《えもん》がいきなり斬《き》られたのである。

しかも、下手人は大和屋を斬ったあと、大川の水の上に降りると、悠々と深川のほう、霧の中へと歩き去ったという。水の上を、歩いてである。

船頭は大怪我と言った。だが、じつはそうでもない。胸のあたりの皮一枚にさっと障子紙でも切るように短刀を走らせた傷で、一見、出血は多かったが、血はすぐに止まった。大和屋の気持ちの痛手は大きかったらしいが、昨日あたりは歩いて店にも出ていたという。

大和屋は、襲った男の人相などについては語ったが、襲われた理由については何も

語っていない。「わからない」とは言っているが、直接、調べに当たった万二郎《まんじろう》親分によれば、どうも襲われた理由を知っている気配だったという。

このことが、いま江戸中でうわさになっているのだ。

だが、うわさの大きさのわりに、起きたことというのは、それほど重大事ではない。男が一人、斬りつけられて、そう重くもない怪我をしたというものである。

物騒な話ではあるが、これくらいのことは江戸では始終起きている。

下手人が川の上を歩いて消えたというのと、斬られたのがそこらの大工や左官ではなく、豪商といってもいい大和屋のあるじだったから、ここまで大きなうわさになっているのだろう。

派手で、皆が注目している。

——叔父《おじ》さんが好きそうな騒ぎだな。

喬太は叔父の万二郎親分の赤ら顔を思い浮かべながら、そっと苦笑いを浮かべた。

渡し船がだいぶ深川の岸に近づいたころ、

「ちょうど、ここらだ。野郎は大和屋の旦那《だんな》にいきなり斬りつけ、舳先のほうへ行くと、ひょいと船を降り、あっちのほうへ消えたんだ」

船頭が渡し場よりもちょっと上流のほうを指差した。そこらには、丸太や筏《いかだ》がいっぱい浮かんでいる。

「幽霊か、人外化身か？」

「河童《かっぱ》か、川獺《かわうそ》か」

「そらそうさ。人間は水の上は歩けねえもの」

客たちはめいめい勝手な推測を始めた。

船頭は話しているうちに、そのときのようすがよみがえったのか、こまかく震え出している。

「船頭さん。そのとき客はいっぱいいいたんですか？」

と、喬太が訊いた。

「ああ。いまほどではねえが、十人ほどはいたさ」

それだけの客が目撃したのだから、川を歩いて消えたというのは間違いないだろう。

「こっちから向こうに行く船じゃなく、深川からの戻りの船だったとか？」

また、喬太が訊いた。

だいたいのことは万二郎からすでに聞いてあるのだが、あらためて確かめたい。

「そうだよ」

「すると、そいつは大和屋に斬りつけるため船に乗り、斬りつけてから深川に戻ったことになりますね」

「え？」

船頭は、なんだこいつ、というような顔で喬太を見た。

「あ、いや、もしも幽霊だったら、深川に戻らず、そのまま沖のほうでもどこでも消えてしまえばいいのにと思ったんです」

だから、もちろんそいつは幽霊などではないのだ。

船頭は喬太の言った意味がよくわからなかったらしく、「ふん」と鼻を鳴らしてそっぽを向いた。

喬太は幽霊を信じないわけではない。むしろ、いてほしいと思っている。だが、こんな幽霊はおかしいだろう。刀で人に斬りつけ、わざとらしく驚かせて去って行くようなのは、なにかまやかし臭い。

万二郎親分が聞き込んだ話では、そいつは声や身のこなしからすると三十くらいの男で、手ぬぐいで頬《ほっ》かむりをし、着流しで、武士か町人かよくわからないような風体《ふうてい》だったらしい。

がくんと身体《からだ》が揺れ、船が深川側の桟橋に着いた。

喬太は船頭には名乗らず、黙って船を降りた。


「ああ、気持ちよかった」

大川の岸辺に立って、喬太は大きく伸びをした。

深川に来たのはひさしぶりである。父と母と三人で、洲崎神社に参詣《さんけい》に来て以来ではないか。いまから五年ほど前、喬太が父の仕事を手伝うようになり、「一人前の細工師になれますように」と、祈っていったのだ。結局、その願いはまるで聞き届けてもらえなかったのだが。

川をはさんではいても、深川も大火の被害を受けた。だが、川の西側ほど人家が密集していなかったし、逃げ道もあったので、被害はそうひどくはなかった。

その深川も、ずいぶん変わってきている。

家が増えた。あのころは、海辺のほうに漁師の家が並ぶくらいで、葦《あし》が生い茂る原っぱが散在する寂しげなところだった。

それが木場が移ってきたこともあり、海から離れたあたりや小名木川の沿岸一帯にも家が立ち並んでいる。

　方々から鳥の鳴き声がしていたのを覚えているが、いまはまったく聞こえない。人声と木槌《きづち》の音が高く聞こえている。

　また、煮売り屋がいくつも出ていて、腹を空《す》かせた職人や大工などで繁盛していた。

　さっき船頭が、大和屋を斬ったやつはあっちのほうへ消えたと指差したのは、渡し場よりすこし上流のほうだった。そこはいま、木場になっているあたりである。

　木場は以前、日本橋材木町や神田佐久間町あたりにあったが、寛永十八年（一六四一）の日本橋桶町の火事をきっかけに深川に移ってきていた。そのおかげで、明暦の大火の被害は少なくてすんだ。やがてここも手狭になり、元禄になってから、もっと奥へと移っていくのだが……。

　喬太はゆっくり歩き出した。

　まずは煮売り屋の前に人が四、五人集まっていたのでそこに足を向け、五十くらいのいちばん穏やかな顔つきをした男に、

「あのう……」

と、声をかけた。

一人で調べをするのにまだ慣れていない。気後《きおく》れがある。できればむさくるしい男ではなく、やさしげな女を選んで訊いてまわりたいところだが、女の姿はあまり見かけない。

「なんでぇ？」

「五日ほど前にそこの渡し船で斬りつけ騒ぎがあったのですが」

「そうらしいな」

「なにか知りませんか？」

自分でも訊きかたが下手だと思う。

訊かれた男は苦笑した。

「なにも知らねえなあ」

「怪しいやつを見たとか？」

「見てねえなあ」

「そうですか」

あれこれ突っ込んだりはしない。しばらく隣りに立っていれば、そういえばと思い出してくれることもあるかもしれないが、喬太は頭を下げて、逃げるように遠ざかる。

もともと人見知りがひどく、初めての人と話すときは声がかすれるくらい緊張した。

次の人混みに向かい、同じように訊《たず》ねる。同じように気のない返事があり、喬太はまたもそそくさと立ち去る。

それが何度か繰り返されるうち、新しく掘られつつある掘割のところに来た。

道の幅くらいに綱が張られ、その内側が一間ほどの深さで掘られている。ここらの土は柔らかそうだが、掘ればすぐに水が出るため、その水をいったん掻《か》き出すのが大変そうである。

いまはひと休みのときらしく、人足たちがめいめいに腰をかけて休んでいる。

喬太が近づこうとすると、手前に二人の男が立っていて、その片割れが、

「あれ、おめえ喬太じゃねえか」

と、声を上げた。目が細く、意地悪そうな光がある。

「あ、新吉《しんきち》さん」

同じ歳《とし》なのに、思わずさんづけで呼んでしまった。

同じ長屋にいた幼なじみで、子どものころからずいぶん苛《いじ》められた。いまもときど

き、新吉に万引きを強要される夢を見るくらいである。

大火で長屋が焼けたあと、新吉の一家は深川に移ったとは聞いていた。もうもどって来ないと知って、ほっとしたものである。

ひさしぶりに会った新吉は、顔が喬太の顎《あご》の下にある。三年のあいだに、喬太の背が追いつき、はるかに追い越してしまったのだ。

新吉もこれにはひるんだような顔をしたが、わきには仲間もいて、すぐに昔の強気を取り戻した。

「なにしに深川まで来たんだよ」

「いや、ちょっと調べることがあって」

「調べる？　なんだ、それ？」

「捕り物の手伝いをしてるので」

「おめえが捕り物？　笑わせるぜ」

新吉は腹に手をあて、たいして面白くもなさそうな顔で身体《からだ》をねじるようにした。

「おいらだって、好きでやってるわけではねえ」

喬太はすこしむっとして言い返した。嘘《うそ》ではない。叔父に強く勧められたからやっているることで、本当は捕り物の手伝いなどしたくないのだ。

「ガキみてえな顔してるくせに、身体はでかいんだな」

新吉の隣りにいた男が言った。こっちは喬太や新吉より四つ五つは年上に見える。

「ガキみたい……」

喬太は言われた言葉をつぶやいた。気にしていることである。みんなから童顔だと言われ、うんざりしている。色が白くて頰が艶々しているのも、余計に幼なく見せてしまうらしい。こういう連中というのはまた、気にしているところを的確に見つけ出して、からかいのタネにするのだ。新吉はこの男にへつらうように何度もうなずきながら笑った。

「だが、その腰じゃ、角材はおろか、竹一本運べねえな」

と、その男は足を伸ばし、喬太の腰を軽く蹴《け》った。新吉同様、背は喬太よりずいぶん低いが、喧嘩《けんか》になればさぞかし強そうである。

「それで、調べってのはなんだよ」

と、新吉が訊いた。

「いや、この前、そっちの渡し船の上で起きた斬りつけ騒ぎのことで」

「おれらがやったって言うのかよ」

と、新吉の隣りの男が大きな声を上げた。

「え、そんな……」

急な大声に喬太は慌てた。

「どうした？」

と、向こうのほうで休んでいた三人が、あらたに加わって来た。こいつらもまた、いかにも荒くれ者といった顔つき、身体つきをしている。

「この野郎が妙な因縁《いんねん》をつけるのさ」

「因縁なんて」

喬太はうんざりした。

——まずいぞ。

深川の連中は、日本橋や神田界隈《かいわい》の職人などよりだいぶ気が荒いとは言われている。だが、こんな与太者のような連中ばかりではない。気は荒くても、真面目に働く者が大半で、運悪く悪いやつらにつかまってしまったのにちがいない。

「じゃ、これで」

逃げようとすると、

「待て、この野郎」

と、新吉に胸倉《むなぐら》を摑《つか》まれた。

「深川に来て、わしらにきちんと挨拶もなしに帰るのか」

「舐《な》めてんじゃねえぞ、こら」

「いくらか持ってきたんだろうが」

いっせいに喚《わめ》き出した。有り金をふんだくろうという魂胆らしい。

喬太がどうしていいかわからず、棒立ちになっているところに、

「おい、どうした？」

と、後ろから声がかかった。

「まずい。奉行所のやつらだ」

一人が小声で言った。

喬太も声のしたほうを見ると、黒羽織に着流し姿の武士が一人と中間《ちゅうげん》が二人、足早にこっちに向かって来た。武士は、喬太も知っている町方の同心根本進八《ねもとしんぱち》だった。地獄で仏とまでは言わないが、船がひっくり返って溺《おぼ》れるかと思ったら、足がついたく

らいの嬉しさはある。

「なにを騒いでいる」

「いや、別に」

「別にじゃねえだろう。なんか悪事を働いたというつらだもの」

根本は十手を取り出し、それで自分の肩を叩いた。お上の威光を示すかのようにきらきらと輝いた。

「旦那、滅相もねえ」

「ほれ、皆、仕事だ、仕事」

「親方に怒られるぞ」

まわりにいた連中は互いに声をかけ合い、逃げるようにいなくなっていく。

「おう、待て、待て」

根本が新吉を止めた。中間が六尺棒で前をさえぎった。

「おめえ、こいつに何をしようとした？　胸倉つかんで脅してるところは、ちゃんと見たぜ」

「何もしませんて。こいつはあっしの幼なじみでして」

新吉がそう言ったところで、根本は喬太を見た。

「おう、おめえは確か……」

何度か挨拶したので覚えていてくれたらしい。

「はい。万二郎親分のところの」

「おう、そうだ、そうだ。ほんとに幼なじみなのか？」

喬太が新吉を見ると、懇願するような顔をしている。

「ええ、まあ」

仕方なくうなずいた。

「ふざけてただけなんですって。勘弁してくださいよ、旦那」

と、新吉は手を合わせた。

「近ごろ、深川じゃゆすりたかりが横行してるらしい。おめえらもその口だろうが」

「とんでもねえ」

「次に見かけたらしょっぴくぞ。行きな」

根本は顎をしゃくった。

新吉は慌てて逃げて行った。喬太もこれでいいと思った。幼なじみがしょっぴかれる光景はあまり見たくない。新吉の父親も母親も顔見知りなのだ。けっして人がいいという夫婦ではなかったが、それでもせがれが奉行所にしょっぴかれたりすれば、胸を痛めるだろう。

根本は逃げていった連中を見送り、喬太にはあれこれこまかいことは訊かずに、

「ああいうのは勢いで圧倒しなくちゃならねえんだ。おいらの背中には、奉行所の与力同心から中間に小者《こもの》までざっと千人はいるんだぜとな。だが、まあなかなか難しいよな」

と、笑顔で言った。だいたいなにが起きたかは察しているのだろう。

根本は四十過ぎくらいの年ごろである。奉行所の同心には威張りくさった人も多いが、この人はそんなことはない。いつも自然で柔らかな表情で、町人たちに接している。なんでも、与力だかなんだかの、ずいぶん偉い人の家から嫁をもらって、家では小さくなっているといううわさもある。

「まあ、おめえは上背《うわぜい》があるから、そのうち格好もついてくるさ」

「ありがとうございます」

とは言ったが、自分ではとてもなれる気がしない。

「もしかして大和屋の件を探ってるのかい？」

「はい。親分が忙しいもので代わりに」

「大和屋の騒ぎはなんかありそうだな。万二郎も気にはかけてるってわけか」

「そうみたいです」

「しっかりやるといいぜ。なんかあったら、おいらにも相談しな」

根本は片手を上げ、のんびりした足取りで、下流のほうへと歩いて行った。

二

叔父の万二郎親分の家は、小網町二丁目、小網稲荷《いなり》のすぐそばにある。家の中で柏《かしわ》手《で》を打っても願いが届くと、万二郎は冗談を言う。

喬太の家は同じ小網町だが三丁目で、もっと霊巌島よりになる。

すでに陽は落ちかけ、万二郎の家にもひょうそくの、野菊の花のように小さな明かりが灯《とも》っている。

「いま、帰りました」

「おう、おっかさんが来てるぜ」

と、晩酌をしていた万二郎が赤い顔で言った。

奥の部屋にいた母親のおきたが、

「お帰り。疲れたかい」

と、自分のほうこそ疲れた元気のない顔で、枯れ葉がめくれたようにこっちを向いた。

「なんだよ、おふくろ。また、愚痴でも言いに来たのか」

「そうじゃないけど……」

いちおう否定してうつむいたが、きっとそうなのだ。万二郎親分もうんざりしたような顔をしている。

大火以来、おきたはすっかり元気をなくしていた。気弱になり、なにかというと喬太に相談を持ちかけ、頼ってくる。かわいそうとは思うが、これではこの先、やっていけないのではないか。まだ四十前の歳なのに、黙って座っていると、六十くらいの老婆のように見えたりする。

ただ、神信心と裁縫仕事のときだけは夢中になる。神信心はともかく裁縫仕事のほうはもっと一生懸命やってくれるといいのにと喬太は思っている。手間賃仕事ではあ稼ぎはそれほどの額るが、なんとか お得意さまも増やすことができるのではないか。稼ぎはそれほどの額にはならなくても、忙しければ気がまぎれるというものである。


「どうだい、喬太」

と、おきたは訊いた。

「どうってなにがだい？」

「手柄は立てられそうかい？」

「そんなものはまだ何年も先だよ」

喬太は苦笑した。

喬太はふた月ほど前から叔父の下で、捕り物の手伝いを始めている。

叔父は若いときは鍛冶屋《かじや》をしていたのだが、腕っぷしが強いのと町の連中に睨《にら》みがきくことから、町奉行所の同心に頼まれ、岡っ引きとして働くようになった。それは二十二の歳のことで、

「下っ引きの経験もなしに、いきなり十手を預けられた」

というのが万二郎の自慢だった。以来、十五年ほど経つが、すでに鍛冶屋のほうは廃業した。仕事場にしていたところはいま、下駄屋を開いていて、女房や下っ引きが

交代で店番をしている。

喬太の父が無口で、世渡りのほうは不器用だったのに対し、弟の万二郎の性格は正反対である。四方八方に声をかけ、度が過ぎるくらいの親分肌で、まさにぴったりの仕事を見つけたのかもしれない。

だが喬太は、叔父の万二郎と違って腕っぷしに自信はないし、争いごとも好きではない。岡っ引きになど向かないと、自分でも思う。

といって、母親が望んだようにおやじのあとを継いで細工師になる気もない。

喬太は手先が不器用なのである。父が亡くなるまでは手伝いをしていたが、ろくな仕事はできずにいた。大火のあと、一度は母親の希望を聞いて、一人前になるため父の知り合いの職人に弟子入りした。だが、

「この道には早いとこ見切りをつけて、ほかのことをやったほうがいい」

と、親身に忠告してくれた。それは喬太も同感だった。すると、母親のおきたが万二郎に相談し、

「おいらにまかせな。兄貴の霊に誓って、喬太を一人前にしてやるから」

となったのである。

ところが、おやじの跡継も駄目だったし、叔父の仕事も好きになれそうもないというので、なんだか自分が用無しになった気がして、このところはひそかに落ち込むことも多かった。

「でも、岡っ引きになるからには手柄を立てなきゃならないんだろ」

と、母親のおきたはわかってもいないことに口をはさむ。

「大丈夫ですって、義姉《ねえ》さん。そんなに焦《あせ》らなくてもそのうち機会が来るから」

と、わきから万二郎が言った。

「そうかい。それだといいがねえ」

おきたはやたらと心配性なのだ。

「そうですよ、おきた姉さん。うちの人にまかせておけばいいんだから。あんまり心配ばかりしてちゃ、自分も身体を壊しちまうよ」

と、万二郎の女房のおかよが言った。生まれてまもない男の子を腕に抱いている。のんきで大雑把な人柄で、だからこそ危険が多い岡っ引きの女房なんてやれるのかもしれない。

「先に帰ってなよ、おふくろ。おいらは叔父さんに報告しなくちゃならねえ」

「わかった。そうするよ。帰りは早いんだろ」

「そりゃあ、わからないよ。遅くなったら寝てていいからね」

喬太はおきたを送り出すと、ため息をついた。

「喬太、腹も減っただろう。おかよ、飯を出してやれ」

「あいよ。ほら、喬ちゃん。おあがりよ」

すぐにお膳を持ってきてくれた。

めざしとたくあんのおかずだが、とくに粗末なわけではない。江戸の町人はみんなそれくらいの飯である。

「いただきます」

と、言うが早く、飯を頬張る。

「どうだ、うまくいったか？」

喬太の食いっぷりを満足げに見ながら、万二郎が訊いた。

「それが……」

同心の根本と別れたあとも、一日中、深川の大川端界隈を訊いてまわったのである。

だが、結果はそう思わしくない。

「なにが駄目だった？」

「あの騒ぎがあった刻限は、すでに暗くなっていて、怪しいやつもなにも、ほとんど見分けがつかなくなっていました」

「うん」

「しかも、深川あたりは荒っぽい連中が多く、大和屋に斬りつけるくらいのやつはいくらでもいます」

そう言って、幼なじみの新吉の顔を思い出した。あいつだって、大きな金で釣られたら、それくらいの悪事はするかもしれない。

「だろうな」

「とすると、手がかりは水の上を歩いたということだけなんです」

「幽霊だってのはどうでえ？」

この江戸で、幽霊の存在を信じていない者のほうがめずらしい。だが、本当の幽霊や河童のしわざだったら、奉行所や岡っ引きの出る幕ではなくなる。坊主や神官、あるいは呪い師の出番である。

「それはまずないと思いました」

と、下手人が沖ではなく、深川のほうにわざわざ戻ったことから抱《いだ》いた感想を語った。

「たしかにそうだよな。やたらと物《もの》の怪《け》を信じねえあたりは、おめえ、なかなか見どころがあるぜ」

「はい」

褒められればやはり嬉しい。

「手がかりは少なくても、もうちっと調べはつづけてもらいてえんだ」

このところ雨がなく、町が乾いているので火がつきやすい。このため万二郎は、火付けの警戒のほうに回っていて、なかなかこの騒ぎの調べに関《かか》わる暇がないのだ。しかも、大和屋の怪我がたいしたことがなかったこともあり、こちらを優先させてもらえない。

「それはかまいませんが」

「おいらは大和屋の騒ぎにはなにか面倒なことが隠れているような気がするんだよ」

同心の根本もそんなようなことを言っていた。

「はい。明日も深川に行ってきます」

「うむ。それについてだがな」

と、万二郎は勿体《もったい》ぶった口調になった。

「なんですか？」

「じつは、前に知り合いの年寄りから聞いた話を思い出したんだが、水の上を歩けるようなおかしな道具があるらしいんだ」

「おかしな道具？」

「そうよ。昔、忍びの者というういくさのときにたいそうな働きをするやつらがいて、水蜘蛛《みずぐも》という道具を使い、水の上を歩いたらしい。下手人はその水蜘蛛の術を使うやつらかもしれねえと思ったのさ」

「へえ。忍びの者……」

はるか大昔の話ではないか。

そういえば、喬太も聞いたことがある。闇から闇へと消え去る謎《なぞ》の軍団。さまざまな人間に変装し、敵にその正体を知らさない。二間（三・六メートル）ほども高く飛び上がることができ、四半刻（約三十分）は水の中に潜っていることもある。鉄砲の弾をかいくぐり、不思議なかたちをした手裏剣を武器にする……。

だが、そんな人たちはほんとに実在したのだろうか。あまりに突飛な話で、すこし背筋に寒気も走った。

だが、万二郎は喬太のそんな思いについては想像しようとすらせずに、

「いいな、喬太。深川でその水蜘蛛のことを頭に入れながら、怪しいやつを探してみてくれ」

と、命じたのである。


——あの家……？

喬太がおかしな家に気づいたのは、深川をぐるぐる回りはじめて三日目のことだった。いや、昨日来たときも気づいたのだが、人けがなかったので、そのまま通り過ぎていたのだ。

小名木川が大川に入るところに橋が架かっている。のちに〈万年橋〉と呼ばれるようになるが、この当時は単に〈もと番屋の橋〉と呼ばれた。橋のたもとに番屋があったからである。

その橋を海のほうから本所側へ渡って、そこを左手に曲がった。

小さな雑木林の中に一軒家が立っていた。

大川の雄大な流れに、人造の川である小名木川がまっすぐに入り込むところである。高台が水辺に突き出たようになっている。

そこらは小名木川を掘ったときの土を重ねたらしく、周囲よりもだいぶ土地が高い。これくらい高さがあれば、大川が氾濫《はんらん》しても、完全に水没することはないかもしれない。

そのいちばん高くなったところに、おかしな家はあった。

百姓家のようでもなく、武士や町人の家とも違う。強《し》いて言えば、ご利益《りやく》の少ない神社仏閣のお堂のようである。

高い地面に立っているのに、さらに床が地面から一間近く、高くなっているらしい。らしいというのは、お堂などは床下が吹き抜けになっているからそうとわかるが、この家は丸太や壁で覆われているので、そこが本当に床下なのかはわからないからだ。

家の入り口が、階段を一間分ほど上がったところにあるからそう思うだけである。

そのせいでお堂に見えるが、お堂に必ずある飾りのようなものはいっさいない。ほぼ真四角の、簡素きわまりない家である。

見たことがあるわけではないが、戦さのときの砦というのは、こんな感じなのだろうか。

家の周りには木が何本か植わっている。見たことがないような木もある。もともと喬太は江戸の真ん中の生まれで、木の名前などは松と竹と梅くらいしか知らない。その梅らしき木も一本まじっていた。

馬小屋があり、黒に近い茶色の馬が一頭飼われている。

生きものは馬だけではない。もう一つ、こぶりの小屋があり、そこは上下にわかれていて、上にはどうも鳩が、下にはニワトリが数羽ずついるらしい。

犬も白っぽいのと赤犬と二匹いる。その赤いほうが前足を開き気味にして、こっちをじっと見ている。吠《ほ》えかけてはこないが、敵意を見せようものなら、飛びかかってきそうな気配もある。

玄関の前は、縁側のようになっていて、そこでは猫が寝ていた。黒と茶が混じった、森にでもまぎれこんだらまず見つからないような毛の色をしている。

その縁側みたいなところに、あるじがいた。

じっとこっちを見ている。表情はない。

顔だけ見ると、ずいぶんな年寄りだった。七十は超えているのではないか。

「あのう」

と、四、五間ほど離れたあたりから声をかけた。

「なんですかい？」

町人のような口の利き方だった。

「ちょっとうかがいたいんですが、六日ほど前の日暮れどきに、怪しげな男を見ませんでしたか？」

「ほう。なんだか面白そうな話ですね」

と、老人は笑顔で言った。

芋が煮崩れたような、温かみのある笑顔だった。

そこでようやく、喬太はそばに近づいた。それまでは怖くて近づきたくなかった。

老人が立ち上がって、階段を降りてきた。

若々しい足取りだった。

――いったいいくつなのだろう？

小柄で、短い着物から突き出た手足は逞しい筋肉で覆われ、締まっている。獣の剽《ひょう》悍《かん》さを感じさせる身体つきなのだ。この歳で、どんな暮らしを送れば、こんな身体でいられるのかと思ってしまう。喬太の長屋にいる年寄りは六十五歳だったが、腰は曲がり、歩くのもよたよたしている。

目は大きく、瞳は黒い。年寄りになると目が白っぽく濁ってきたりするが、この老人の瞳は黒い。しかも、強い光がある。

だが、この老人の顔を特徴づけているのは、目の光よりも顔にある複数の傷だった。右頬の目尻からまっすぐ下に三寸ほど伸びた傷がいちばん大きい。それに、額から右のこめかみにかけて斜めに走る二寸ほどの傷がある。これは赤くなっているので、目立つのはこちらのほうかもしれない。さらに、月代《さかやき》のところにかぎ裂きになったような変わったかたちの傷も見てとれた。

どれも古傷らしい。

——昔、合戦に出たのか。

と、喬太は思った。平和な時代になってから生まれた喬太にしたら、合戦などというのは夢のようなできごとである。

そういえば、昔、やたらと戦さ自慢をする年寄りが近所にいたのを思い出した。やれ、どこの戦場では何人殺しただの、どこの城を落としたときはお姫さまを手ごめにしただの、喬太のような子どもたちを集めては嬉しそうに語って聞かせた。

——あんな類の年寄りだったら嫌だな。

とも、思った。

材木にかんなでもかけていたらしく、短い着物の裾《すそ》にくるくる丸まったかんな屑《くず》がついていた。

「怪しげな男ってなんですかい？」

喬太の前に立つと、老人は訊いた。顔が喬太の胸あたりまでしかない。五尺に足りないのではないか。もっともそれくらいの人もめずらしくはない。

「もう六日前になるんですが、そこの渡し場から出た船の上で、大店《おおだな》のあるじが斬りつけられた話は知りませんか？」

「それは知りませんでしたな。なんせ、年寄りの一人暮らしで、面白い話を持ってきてくれる人も少ないのでね」

ここからだと、騒ぎがあったあたりまでは十町ほどある。夕暮れのころでなおさら見えないし、あいだに騒がしい木場があるので音も届かないのは当然である。

喬太がざっと騒ぎの概略を語った。

「へえ。水の上を歩いて消えたのですか？」

喬太はそこで水蜘蛛について話をしようかと思ったが、それを止める気持ちが出た。この老人には、こちらの手の内をあまり知らせないほうがいいのではないか。ふと、そんな気がしたのである。

「それで、しばらくはたいそうなうわさになっていたんですよ」

「そりゃあそうでしょうね」

「ついては、その日、変わったことを見かけたりはしませんでしたか？」

と、喬太は訊いた。

喬太は誰に対しても、丁寧な言葉使いをする。親分のところにはほかに下っ引きが二人いるが、彼らは町人に対してまるで親分のような横柄《おうへい》な口を利いたりする。だが、喬太はそんな気にはなれない。というより、気が弱いからできない。

「見ませんでしたなあ」

「その日はここにおられたのですか？」

「ええ。いましたよ。とくに夕方はそこに座って、ぼんやり川を眺めたりしますのでね」

「そうでしたか……」

　とすると、少なくともこちらには逃げてこなかったのか。

「ねえ、お若い方……」

「はい」

「その下手人は向かった方向に逃げたとは限りませんよ」

　と、老人は言った。

「どういうことですか？」

「なあに、あたしなら、木場のほうに上がったと見せかけ、すぐに土手を河口のほうに走るかなと思ったのです」

「へえ」

「行方をくらましたいならそうします。だから、むしろ河口のほうを丹念に訊きまわったほうがよろしいんじゃねえですか」

「なるほど。それは考えませんでした」

　と、喬太は感心した。

さっそく忠告に従うことにして、そこを離れたが、

――待てよ。

と、立ち止まった。

振り向くと、老人はまだこっちを見て、笑っている。

なんか怪しい。下手人の気持ちや、逃げかたまでわかっている。悪事を犯さなかった者がそんなことまで考えるだろうか。

喬太は橋を渡り、番屋に顔を出した。

番人が一人、暇そうに煙草《たばこ》を吹かしていた。

「おいらは小網町の万二郎親分のところで下っ引きをしている喬太といいますが」

正直に名乗り、

「じつは、あの突端のところにいる爺《じい》さんのことを訊きたいのですよ」

と、言った。

「ああ、和五助《わごすけ》爺さんかい」

と、番人はすぐに言った。

「おいくつなんでしょう?」

「いくつなんだろうな。足軽だかなんだかで関ケ原の合戦に出たといううわさもあるからな」

「関ケ原！」

たしか六十年ほど前のことである。

だとしたら八十前後にはなっていることになる。いくらなんでも、それほどの歳には見えなかった。

「武士ではないですよね」

「違うな」

「取り立てられなかったのですかね」

「そりゃあ取り立てられていたら、あんな奇妙な暮らしはしていねえさ」

と、番人は笑った。

あれだけの傷を負い、たいした見返りもない人生は、振り返るとどんな気持ちがするのだろう。

「一人暮らしなのですかね？」

また、喬太は訊いた。

「友だちと孫娘がしばしば訪ねてくるが、一人で暮らしてるよ」

「漁師をしてるのでしょうか？」

もともと深川の大川端は漁師町だったはずである。いまでこそ、木場の移転で漁師たちはもっと下流のほうに移ったが、以前は向こう岸から見てもここらには干した網がずらっと並んでいたものである。

「釣りはするが、漁師じゃねえな。竹細工などを仕事にしているみたいだがな」

「そうですか」

さっきは竹ではなく、平たい材木を削っていた。

「なんでもできるし、変わった爺《じじ》いだし」

「変わってますか？」

番人はそれには答えず、

「強いし」

と、言った。

「強い？」

「半年ほど前、あそこに泥棒が入ったのさ。二人組の、しかもいい身体をした若いのが二人だぜ。それを叩きのめして、番屋に突き出してきたんだ」

「へえ」

と、感心した。

喬太は自分が弱いということを自覚している。だから、同じ歳くらいで強いやつに対しては、恐怖心を感じる。しかし、それがこのような年寄りだと、むしろ畏敬の念を覚えてしまった。

それにしたって、やはり怪しい。

大和屋に斬りつけたのは手ぬぐいで頬かむりをしていたが、三十前後くらいの若い男だったとわかっている。だから、あの和五助爺さんが下手人のわけはないが、なにかほかに怪しいことにつながっているのではないか。

このあと喬太は、和五助爺さんの忠告にしたがって、大川の河口に足を延ばした。すると、爺さんの言ったとおり、怪しい者を見かけたという漁師がいた。身をかがめるように岸を走ってくると、泊めておいた小舟に乗って、凄い速さで対岸の鉄砲洲のほうに渡っていったというのである。

日にちも、時刻も一致する。

「へえ、そんなやつがいましたか……」

確かめようがないが、それは本当に怪しいやつに思われた。

だが、話を聞くことができたのはその一人だけだった。

翌日は雨がひどく、深川には行かないで、喬太は親分の家の掃除の手伝いをした。

雨は一日降っただけでからりと晴れ上がったので、この日は日課になっているお稲荷さんの掃除を済ませるとすぐ、早くから深川にやってきた。

――やはり、水蜘蛛のことをあの爺さんに直接、訊ねてみることにしよう。

喬太はそう思った。

小名木川の出口のほとりにやって来た。

爺さんは馬の背中を洗ってやっているところだった。

「この前はご忠告ありがとうございました」

と、お辞儀をして近づいた。

「なあに。どうでしたい？」

「おっしゃるとおり、河口のほうで怪しい人影を見た漁師がいました。いまとなると、確かめるのは難しいのですが」

「そりゃそうですね」

爺さんは最後に桶《おけ》の中の水を馬の背にかけ、愛《いと》おしそうに顔を撫《な》でた。

「そこの番屋の人に訊いたのですが、関ケ原の合戦に出たそうですね」

と、喬太は遠慮がちに訊いた。

「へえ、そんなこと言ってましたかい。うわさは怖いですね」

「嘘なんですか？」

「いや、本当ですよ。ちょうど、あなたくらいの歳でしたかね」

「おいらは、十七です。ちっと子どもに見られますが」

と、すこしでも大人に見られるよう背筋を伸ばした。

「ああ、同じです。あたしが関ケ原に出た歳です。そうですか、十七ですか」

爺さんは眩《まぶ》しげに喬太を見た。

「関ケ原の合戦に出たくらいなら、古い武器のことなどもくわしいのでしょうね？」

と、喬太は探るように言った。

「さて、どうですか。下《した》っ端《ぱ》の雑兵《ぞうひょう》でしたから、いろんな武器は与えられましたが」

「じつは……水蜘蛛というものなんです」

喬太はそう言いながら、ひどくおぞましいものを懐《ふところ》から取り出したような気分になった。

「水蜘蛛……」

爺さんはとくに顔色を変えたりはせず、「ああ、あれね」というようにうなずき、

「なるほど。それで、この前の騒ぎのとき、水の上を歩いたと？」

と、言った。この爺さんは察しが早い。

「そう推測した人がいるんです」

「水蜘蛛ねえ」

と、今度は笑った。

「知ってるのですか？」

「知ってますよ」

「使ったことは？」

「いちおう」

まさか、元忍びの者だったりして——と、喬太は思った。だが、そんな人がやたら

といるわけはないだろう。それでも探りは入れるべきかと、

「忍びの者の武器だそうですね？」

と、訊いた。

「そうなのでしょうね。でも、しのびだって、いくら水蜘蛛を使おうと、水の上を歩くことなんかできませんよ」

「どうしてですか？」

「なあに、あたしの知り合いにもその水蜘蛛をずいぶん稽古《けいこ》したやつがいましたから。でも、まったく駄目でした」

爺さんはそう言って、懐かしそうな目を大川のほうに向けたのだった。

三

あの、町方の下っ引きらしい若者が去ってしまうと、和五助はつい、ぼんやりしてしまった。

しばらくは、大川の船の往来をただ眺めた。荷物を高く積んだ船の往来が多いが、遊興だけが目的らしい小舟もこのところ多くなっている。日本橋や築地あたりからも

小舟で新吉原へ向かう者が増えているらしい。

——平和になったもんだ。

そう思ったらますます、いまから四十五年ほど前のいくさのことがよみがえってきた。

いくさのことを振り返ると、和五助は光景よりも先にまず匂いを感じてしまうのが不思議だった。匂いはいいも悪いもさまざまである。当時は、それほど感じていなかったはずの匂いがぱあっと鼻の奥に広がって、戦場の雰囲気が実感を伴って思い出されるのである。

四十五年ほど前のいくさというのは、関ケ原ではない。大坂の陣と、それにともなう前哨戦のようなものだった。

大坂の陣では和五助はしのびとして脂の乗った時期だったため、さまざまな仕事をしたが、匂いでいちばんすぐに思い出すのは豪華なお香のそれである。ただし、その匂いを嗅《か》いだのはもっとあとの、大坂城が落城するまぎわだった。

「和五兄い」

大川の上手《かみて》のほうから声がした。すぐ前に小舟が着けられ、年寄りが岸に上がってきた。この年寄りも元気な足取りである。

舟が下ってきていたのは、目を向けなくても和五助にはわかっていた。ただ、敵意が感じられないため目を向けなかっただけだった。

案の定、貫作《かんさく》だった。

昔の仲間である。同じ伊賀のしのび同士で、和五助よりは二つ年下だったので、兄貴分として接してきた。

貫作はいま、向こう岸の大川の上流にある薬研堀《やげんぼり》で、中島徳右衛門《なかじまとくえもん》と名乗って、唐がらし屋を開いている。いくつかの漢方薬を組み合わせたものを「七味唐がらし」と名づけて売り出し、それがかなりの人気になっている。

「世をしのぶ仮の姿が、とんだ成功をおさめちまった」

と、妙な愚痴をこぼすほどである。

その貫作は、鳩を入れた籠《かご》を持っている。この鳩は、二人の連絡に使っているのだ。鳩に優れた帰巣本能があることはわが国では一部の者にしか知られていない。伝書鳩が用いられるようになるのはずっと後世のことである。だが、和五助と貫作はこの連絡方法を昔から使ってきた。

「どうしたい、兄い、ぼんやりした顔をして」

貫作の口ぶりには、甘えたような調子も混じっている。身なりのいい大店のあるじめいた貫作が、得体《えたい》の知れない貧しげな和五助に話しかけるさまは、いささか異様な雰囲気を発散する。

「なあに、いま、町方の下っ引きをしている若者が来て、面白いことを言ってたものでな」

「町方の？　まさかわしらのことを調べに来たのか？」

貫作の顔が険しくなった。

「そうじゃねえ。この前、そっちの渡し船で、酒問屋のあるじが斬りつけられる騒ぎがあったらしくてな」

「ああ、ちらっと聞いたよ。大和屋のあるじだろ」

「そのとき、下手人は水の上を歩いて逃げたんだと」

「そりゃあ、ありえねえな」

「それで、その若者はどこで聞きかじったのか、水蜘蛛を使ったんじゃねえかと言ったのさ」

貫作はぱんと手を打って、

「水蜘蛛！　懐かしいねえ」

「懐かしいだろ？　それでおれもつい、ぼんやりしちまったのさ」

水蜘蛛に伴う思い出は、夜のひんやりした水の匂いだった。水苔《みずごけ》の匂いも魚の匂いも混じらない、山の夕暮れのように静かな水だった。

あれは、関ケ原の合戦から十年ほどしたころである——。

和五助は徳川方の忍者として、貫作ともう一人、甚矢《じんや》というしのびと三人で、大坂城攻めの準備をしていた。

濠《ほり》の深さや石垣の高さなどを測り、いくさになったときはどこから攻めればいいかを探っていた。

また、いざというときには石垣を攀《よ》じ登るための縄を石のあいだに隠したり、城の外から内部まで通じる抜け穴を掘ったりもした。

いくさが始まる前なら、いろんな仕掛けもやりやすい。

始まったときはすでに決着はついている——駿府の大御所が目差していたいくさはそういうものだった。

「和五よ……」

と、大御所家康から直接、言われたこともある。「わしは人を死なせるより、生かしてやるほうが面白いんだ」と。

準備が万端であれば、いくさで死ぬ者も少なくなる。長びけば無駄死にばかりが増える。

そのための下工作だった。

ただし、下工作だから、じっさいのいくさよりも楽だということにはならない。毎夜、満々と水をたたえた大坂城の濠を越えていかなければならなかった。水は冷たく、石垣までたどり着いても、寒くて動けないくらいだった。また、あの城の濠の広く深いことといったら、こんな濠をつくるくらいなら、海の上に城を浮かべたらよかったのにと思えるくらいだった。

その濠の探索をしていたとき、仲間の甚矢が、

「水蜘蛛を使えばいい」

と、言い出したのだった。

「水蜘蛛？」

「ああ。おれの爺さまの得意技だった」

甚矢の爺さまというのは、〈疾風《はやて》の甚左《じんざ》〉という異名を持った伊賀の伝説のしのびだった。このときはもう亡くなっていたが、天正伊賀の乱のとき、織田信長の陣から茶器を一つ盗んだこともあったという。それはうわさではなく、本当にあったことだと聞かされている。

その伝説のしのびが使ったという道具である。よほどの達人でなければ使いこなせないとは言われていたが、訓練を重ねればやれると思っている者も多かった。

「これが、それよ」

と、甚矢が図面を見せてくれた。

「お前ら二人だけだからな。これを見せるのは」

「ああ」

和五助はわくわくして胸が高鳴った。新しい技を覚えることができるかもしれないのだ。

真ん中にぞうりのかたちをした足を乗せる板があり、その周囲をいくつかに分かれた板片が囲んでいる。それぞれの板は皮ひもでつながれ、水の上でばらばらになることはない。

三人はそれぞれ図面通りに水蜘蛛をつくった。

だが、結局、三人ともこの水蜘蛛を使いこなすことはできなかった。和五助もずいぶん試したがどうしてもできなかった。やはり、水蜘蛛は机上の空論から生まれた武器で、実際には難しいというのがわかった。

「これはおそらく伊賀のしのびの技を高く売るための見せかけの術だったんじゃねえのか」

と、和五助は甚矢に言った。疾風の甚左なら、それくらいのことはしたかもしれない。甚左の単なるホラだったということは考えられない。

「きさま。おれの爺さまの悪口は許さねえぞ」

「悪口じゃねえ。疾風の甚左の凄さは聞いているし、おれだって憧《あこが》れてた」

嘘ではない。生前、一度だけ会ったことがある。にこやかな針売りになっていて、言われなければしのびだとは絶対にわからなかっただろう。

「だが、この水蜘蛛は違う。これにこだわると、命取りになるぞ」

「ふん」

甚矢はその忠告を聞こうともしなかった。

このところ、徳川軍の中枢で和五助の忍びの術が信頼されつつあった。この仕事も和五助が中心になるよう、直接、家康から命じられている。甚矢の家は、上中下とわかれる中忍の家柄であり、和五助は下忍の、それも忘れられがちな家の出だった。中忍が下忍の命令を聞く——そのことへの悔しさが滲《にじ》み出ていた。

「甚矢、意地を張るな」

「実際におれは見たんだ。うちの爺さまが楽々と水の上を歩くのを」

甚矢は止めるのを聞かず、その道具の訓練をつづけた。

冬が終わり、桜のころも過ぎて、まもなくカエルが鳴き出す時節になっていた。急がなければならなかった。カエルというやつは、ちょっとした人の気配でいきなり静まり返るのだ。見張りにとっては、あれくらい敵の潜入を見つけやすいものはない。犬を置くよりも楽である。

そんな時節にあのことが起きた。

「甚矢もくだらねえ死に方をしたもんだな」

と、貫作が無表情に言った。

「ああ……」

うなずいた和五助の顔が曇った。

「嫌な思い出かい？」

「そりゃそうだ」

「だが、仕方ねえこった。向こうが手を出して来たんだから」

「そいつはどうかな」

「え？」

「おれがああするように仕向けた気がするのさ」

和五助はつらそうな顔をした。

「兄い……」

「思い出したくないけどな……」

それでも思い出してしまうことが、和五助には山ほどある。

新月でときおり小雨が落ちてくるような夜だった。

そうした夜を選んで、和五助たちは仕事をしていた。月のある晴天の夜も動いたが、それは見張りの連中の目をくらませるための、まるで違う場所でのわざとらしい悪戯《いたずら》のような仕事だった。

二の丸の石垣のかなり上のほうだった。石垣の石をはずして、その中に焼き物の壺に火薬を詰めたものを隠した。すぐにどうこうするものではない。火をつけて投げ、武器にするのだが、あらかじめここに隠しておいて、いざというときに使おうというのである。濠の深さを調べる仕事は後回しにしていた。甚矢が水蜘蛛を使いたがるからだった。

真っ暗闇の中での仕事である。上にある篝火《かがりび》がもたらすわずかな明かりだけが頼りだった。

同じ作業をしていた甚矢が近づいてきた。

——もっと離れればいいのに。

と、和五助は思った。何かあったとき、近くにいればともにやられるが、離れていれば一方は助かるかもしれないのだ。

闇の中でうっすら白い歯が見えた。甚矢は笑っていた。その笑みが、和五助に咄嗟《とっさ》の警戒心をもたらした。

この数日前に激しい言い合いがあった。どうしても水蜘蛛を使おうとする甚矢に、和五助は「お前の爺さまの与太話にいつまでも付き合っていられるか」と言った。もちろん甚矢は激昂した。和五助はさらに「これで疾風の甚左の伝説も疑わしくなったぜ」とまで言い放ったのだった。

「死ねや……」

甚矢の声に和五助はすばやく身をよじった。石垣の隙間《すきま》をつかんでいた指が離れそうになる。落ちたら見張りの者たちに見つかって窮地に陥るだろう。甚矢にしても自分の身を危うくする。そこまで考えての行動だったのか。

完全には避《よ》けきれない。苦無《くない》がわき腹に刺さった。

和五助はきつくさらしを巻いていたので、苦無はそれほど深く食い込まなかった。

甚矢の手首をすばやく摑み、ひねった。

「うっ」

「なんてことを」

大声で怒鳴りたいが、それはできない。敵に察知され、まちがいなくお陀仏《だぶつ》になる。

囁《ささや》くように言った。

それでも気配を察し、貫作が声をかけてきた。

「どうした、兄ぃ」

「なんでもねえよ」

と言いながら、さらに甚矢の手首をひねる。持っていた苦無が離れ、二度ほど石垣で跳ね、濠に落ちた。水の音が響いた。

「いま、音がしたぞ」

と、石垣の上で声がした。

和五助は、甚矢の手を離し、音を立てないようにしながら石垣を降りはじめた。貫作もすぐにつづいた。

──甚矢はどうする気だ？

もう、こうなったらなるようになれという気持ちだった。

「金物がぶつかったような音だったぞ」

「そっちを照らしてみろ」

篝火が突き出される。だが、明かりはそう遠くまでは届かないし、自分たちのほうが明るいのだから、こっちは見えるはずがない。

見張りのやりとりを聞きながら、和五助は濠に入り、水面を泳いで対岸まで着いた。貫作と甚矢もついて来ていた。貫作につづき、甚矢も顔を上げた瞬間——、和五助は短刀を喉首《のどくび》に突き入れた。

血が濠の中に噴出する音がした。甚矢は声も上げられない。すぐに痙攣《けいれん》が始まった。和五助は音を立てさせまいと、頭を摑んで、水の中に押し込んだ。

水の匂いに、血の錆《さび》臭い匂いが混じってきた……。

「あのとき、甚矢がいつまでもあの道具にこだわりつづけたら、おれらの仕事も敵方に知られただろう」

と、和五助は大川を眺めながら言った。

「そりゃそうさ」

「おれはそれを止めるため、おそらくわざと甚矢が刃を向けるようにしたのだ。やつが敬っていた爺さまを愚弄《ぐろう》してな。こっちからあいつを殺す決心はつかなかったからな」

「そうだったのかい……」

それは貫作も知らなかった。

あのあと、結局、和五助は水蜘蛛は使わず、慎重に水をかいくぐって濠を調べ、深さや距離を測った。この調べがのちに外濠を埋め立てるという、家康にしては大胆な戦略のもととなり、和五助にとっても大きな手柄の一つになったのである。

わき腹についた苦無の傷とひきかえに。

和五助は縄で結んでいた着物のわきをはだけさせ、あのときの傷を見た。ほんのかすかに、三角のかたちの刺し傷が見えた。それを撫でながら、

「しのびには、仲間も親兄弟もねえ。あるのは命令だけだった」

と、言った。

甚矢を殺せという直接の命令こそなかったが、大坂城の濠を隅々まで調べるという命令を実行するための、障害になりそうだった。その障害を排除するためにおこなった同士討ちだったのだ。

「仕方ねえって、ああいう時代だったんだ」

「そうかな」

和五助の胸は苦い思いで充《み》たされている。

「しかも、あれは和五兄いが誘っただけじゃねえ。甚矢のほうも殺意を駆り立てていたのさ。だから、うっかりすればあのとき、和五兄いのほうがやられていたかもしれねえ」

貫作はしきりになぐさめてくれる。

「傷だらけだな、わしらは」

と、和五助は言った。

「まったくだ。この前、お互いで数えたことがあったよな。おれは二十三ほどあった。兄いはいくつあったっけ？」

「たしか四十九ほどあったな」

だが、これには心の傷まで数えていない。一人のときに、思い出すまま、心の傷まで入れて数え直した。七十七ほどあった。それには甚矢の記憶も入っている。

手柄の数ではない。あくまでも、これは傷なのである。

しばらく二人は黙って川面《かわも》を見つめた。

「ところで、その町方の若者にも、水蜘蛛は使えねえって教えたのかい？」

と、貫作は訊いた。

「ああ。だが、信じていないようだった。いかにもできるように思わせるのが、また、あの道具の面白いところだな」

「たしかにそうだ。兄い」

「やっぱり疾風の甚左は只者ではなかったのさ」

　しのびにとって、そうしたハッタリめいた虚構も必要なのである。それが信じられれば、相手をますます煙に巻くことができ、戦場に恐怖をばらまくことになる。すぐれたしのびというのは、そこまで大きな仕事を目論んだものだった。

「あの道具をつくってやればいいじゃないか。これで本当に水の上が歩けるか、やってみたらわかるって」

「そうだな」

　と、和五助はゆっくりうなずいた。

「でも、つくってやっても、てめえでやってみるかどうかはわからねえよ。なんせ、近ごろのやつらはああそうですかで、確かめようとしねえんだ。まったく、他人ににかしてもらうのが当たり前だと思ってるんだから。このところ、うちの店もまた、小僧を何人か増やしたんだけど、こいつらがひどくてね」

貫作はひとしきり近ごろの若者の悪口を言った。

「まあ、そう言うな、貫作。おれはもう一度、人生をやり直すなら、こういう平和な世の中で生きてみてえ。あんなぎらぎらした毎日はこりごりだ」

「いちばんぎらぎらしてた和五の兄いがそんなことを言うとはね」

と、貫作は首をかしげながら笑った。

四

——大和屋のことをもっと探らなくちゃならないよなあ。

と、大川の淵に腰をかけながら喬太は思った。今日も渡し船で深川に渡ろうとして、思いとどまったのである。

大和屋は命を狙われたわけではない。殺す気なら刺していただろう。脅しだったのか。金でも取ろうというのか。だとしたら、大和屋はそれを奉行所に言ってくるはずだが、なにも言ってこないらしい。あれが渡し船の中のできごとだったから、皆に知れ渡ってしまったが、もしも自前の船のできごとだったら、大和屋は誰にも言わなかったのではないか。

しかも、下手人はなぜ、そんな手のこんだことをしなければならなかったのか。とにかくわからないことだらけなのである。

といって、喬太のような下っ引きがのそのそ大店のあるじを訪ねて行っても、会ってくれるわけがない。

親分だっていくらか握らされ、体《てい》よく追い払われるのがオチかもしれない。

とりあえず、店のたたずまいだけでも見ておこうと、茅場町にある大和屋に足を向けた。

小網町から大川端に来たが、またもとの方角にもどることになった。茅場町は日本橋川をはさんだ小網町の対岸に当たる。

大和屋は、伊丹にある酒造元の出店なのだという。

店はたいそうなにぎわいである。このところ、江戸では上方《かみがた》からの下り酒がたいそうな人気になっている。大和屋の酒は、なかでも人気が高かった。

前の河岸《かし》から樽酒が運びこまれ、店の左手からはその樽酒が大八車に積まれて出ていこうとしている。飲ン兵衛らしい男が、匂いだけでも嗅がせてもらおうというように、足を止めて深呼吸した。

店の間口は十間ではきかないのではないか。ふつうの店の三軒分はゆうにある。真ん中のところは蔵がそのまま店になったようで、それでは足りずに両側に店を広げたといったところらしい。

ここらは大火ですべて灰になったはずである。もとの店構えは知らないが、もともと大きかったにせよ、わずか三年でここまで復興したのだからたいしたものである。

「こっちや、こっち」

「はよ、しいや」

などと、手代たちの上方訛《なま》りの声も飛び交う。

店の者に直接訊いても、どうせ本当のことは言ってくれないだろう。隣りのろうそく問屋で訊こうかと、足を向けたとき、大和屋から若い娘が出てきた。

きれいな娘である。細おもてで、目もとにくっきりと艶《つや》がある。

歳は喬太と同じくらいか。すこし上か。

もっとも女の歳はよくわからない。この前、幼なじみの娘に声をかけられたが、同じ歳のはずなのに、どう見ても十歳は上に思えた。

すると、そのあとを追って、

「おれん。どこへ行くんだい？」

と、あわてて出てきたのが、あるじの大和屋長右衛門らしい。伊丹の酒造元のほうの次男坊で、江戸でこれほどの大店になったのはこの人の功績だとも言われている。

「すぐそこだから、おとっつぁん」

と、おれんは眉をしかめた。

「だが、心配だ。手代を二人ばかりつれてお行き」

「もう。心配性なんだから」

おれんは手代を待たず、三軒ほど先の小間物屋に入った。ただの買い物らしい。

あるじは何を心配しているのだろう。狙われたのは自分ではないのか。

「いい女だよな」

と、わきで声がした。ろうそく問屋の手代と客が話していた。

「駄目ですぜ、お客さん。岡惚《おかぼ》れしたって。もう売れちまったんだ。深川の大前屋に嫁入りするんだそうです」

「深川の大前屋というと、煙草《たばこ》問屋の？」

「そうです」

「酒と煙草がくっついちゃ、身体に悪いな」

客のほうが冗談を言うと、

「身体に悪いだけじゃねえですよ。悪いうわさもあるんだから」

と、手代は嬉しそうに言った。

「どんなうわさだい？」

「旗本奴《やっこ》とできてるんだと」

「旗本奴って、まさか水野十郎左衛門《みずのじゅうろうざえもん》？」

大坂の陣も徳川方の圧勝に終わり、ようやく平和が訪れたころ、荒ぶる血を静めきれないのか、旗本で血の気の多い連中が異様ななりで町を闊歩《かっぽ》しはじめた。大きな髷《まげ》に髭《ひげ》をのばし、鎖帷子《くさりかたびら》を着込んで、赤鞘《あかざや》の刀の柄《つか》は棕櫚《しゅろ》で巻いた。

この突飛な連中を旗本奴と呼んだのである。

そのなかでも、親子二代にわたって有名だったのが、水野成貞《なりさだ》・十郎左衛門の父子だった。

一方、この旗本奴に対抗して、しばしば喧嘩《けんか》騒ぎを起こしたのが、町奴と呼ばれた町人たちである。なかでも、幡随院長兵衛《ばんずいいんちょうべえ》は男意気で有名だったが、水野十郎左衛門はこの長兵衛を手打ちをしようと自宅に呼び、風呂に入れたさなかに殺害してしまった。

　この騒ぎは、江戸中で知らない者はいない。

「いや。水野ほど大物じゃないらしい」

「なんだ、それにしたって傷ものかよ」

　客はがっかりしたように、去って行った。

　――ふうん。娘にもなにか面倒ごとがあるのか。

　喬太はこのうわさ話を聞くことができただけでも、ここに来た甲斐があったと思った。

　喬太は大和屋を見たあと、深川に渡ることにした。あの和五助という爺さんは、水蜘蛛など使えないと言ったが、本当かどうかはわからない。爺さんが知っている水蜘蛛ではできなくても、ほかの水蜘蛛ではできたかもしれない。

　――図面でもあれば、つくってみるのに……。

　と、喬太は思った。おやじがやっていたようなこまかい細工はできなくても、大雑《おおざっ》把《ぱ》なものならそこらの素人《しろうと》よりはうまくつくることができる気がする。

　和五助が怪しいという気持ちは消えていない。

　だが、話していると、悪党にも思えない。

　首をかしげるような思いで、〈もと番屋の橋〉を渡った。

　入り口の階段を上がったところで、何かつくっていたらしい和五助爺さんが、

「あ、若親分」

　と、すこしからかいが混じった口調で言った。

「若親分……それはやめてください」

「でも、町方のお人でしょう？」

「使い走りです。下っ引きです。名は喬太といいます」

「じゃあ、喬太さんでいいですか」

「はい。おいらのほうはなんとお呼びすればいいですか？」

「では、和五助の名を」

　もしかしたら、ほかに通り名とか異名なんてものもあるのかもしれないが、

「和五助さんと呼ばせてもらいます」

「はい。喬太さん。じつはね……」

と、わきにあった竹の籠から妙なものを取り出した。

「つくってみたのですよ、水蜘蛛をね」

地面に置き、広げて見せる。

「これが……」

真ん中に足を乗せるところがあり、周囲を円形にした板が囲んでいる。なるほど蜘蛛の巣とか、蜘蛛の足にかたちが似ている。

「これは本当に水の上を歩けそうですね」

「そう見えるのですがね」

「試してみていいですか」

「もちろんですよ。そうしてもらおうと思ってつくったのですから」

小名木川の出入り口のあたりは河岸としてはつくられていないが、川っぷちまで降りることはできる。

喬太は下まで降りて、その水蜘蛛を二つ、水の上に置いた。流れはほとんどなく、すこし押さえていれば、持っていかれることもない。

「ここに足を乗せるわけですね」

　ゆっくり、真ん中に足を置いた。ところが、すぐにずぶりと沈む。もう片方の足を乗せる余裕はない。

「これじゃあ……」

「駄目でしょう？」

　と、和五助が土手の上から言った。

「ええ」

「これが図面などに描かれる水蜘蛛ですが、浮くことすらできないのです。それで、もっと木を厚く大きくしてみました。こちらを試してごらんなさい」

　と、もうひとつ別の水蜘蛛を持ってきてくれた。

　これは、木片の一つずつがさっきのものより三倍ほど大きい。厚さもかなりぶ厚く五寸ほどある。だが、その分、かなり股《また》を広げないと、二つを履くことができないため、不恰好になる。

　それでも、なんとか水に浮くことはできた。

「浮きましたね」

と、喬太は感激して言った。

へっぴり腰で、そろそろと動いてみる。うまくは進めないが、手に櫂《かい》のようなものを持てば、どうにか進めるかもしれない。

「はい。だが、そんなことしてのったりのったり進んでも、合戦ではとても用をなしませんよ」

「そうでしょうね」

と、喬太はすぐ納得した。

渡し船から消えていった曲者《くせもの》は、ふつうに歩いていったと聞いている。ということは、やはり水蜘蛛ではなかったのだ。

「おっとっと」

「危ないですよ。ひっくり返ったりすると、もう一度、立つことはまずできないですから」

「それを早く言ってくださいよ」

焦ったら、ますます身体の均衡が取れなくなった。

「あっ、あ……」

のけぞったかたちのまま、倒れた。水蜘蛛が完全に裏返しになる。こうなると、頭を水面に出そうとしても、なかなか出すことができない。

水の中は濁っていて、見通しはまったく利かない。もがくと泥臭い水が喉に入ってくる。咳こめば、また水が入る。

「うっぷ、うっぷ」

このまま溺れるのかと思ったとき、背中に手が添えられ、押されるように岸まで運ばれた。和五助が飛び込んで、助けてくれたのだった。

五

「おそらく、それは角材かなにかを渡しておいて、男はその上を歩いたんじゃないでしょうか？」

家の前にもどり、濡《ぬ》れた着物を物干しに通してくれながら、和五助は言った。

「そんな長いものを」

と、喬太は腕組みして、首をひねった。

橋でもあるまいし、そんなに長い木を川の上に渡せるものなのか。

「なあに、そのときは夕暮れだし、いくらか霧も出ていたなら、十間（約十八メートル）も行けば姿は見えなくなりますよ」

「そうか。十間くらいなら、つなげばなんとかなりますね。それは浮かばせておいたのでしょうか？」

木場で働く人は、水に浮いた丸太の上を、とんとんとこともなげに渡って歩く。足の下でわざとくるくる回して遊んでいるのも見た。

だが、いくらなんでも丸太が浮いていれば、下手人はその上を歩いたのだと、かんたんに見破られてしまったはずである。だから、丸太や、家の柱に使うような木よりは、もっと細くしなければならない。

「あまり細いと、人が乗ったら沈んでしまう。しかも、川の流れもある。だから、両端は人が支えていないと難しいでしょうね」

「すると、渡し船の中にも手助けしたやつらはいたはずですね」

「ああ、そうですね」

と、うなずいて、和五助はにんまりした。この若者は童顔で頼りなさげだが、やはり頭は切れるのだ。

「木を支えるために手を伸ばして……いや、手なんか伸ばさなくても、縄で輪っかをつくったものを持っていて、それに木を通せば、ほとんど不自然な姿勢を取らずに木を支えることはできますね」

「ほう、なるほど」

と、和五助は感心した。輪に棒の先を通すなんてことを、実物を見ないまま思いつくなんてことはなかなかできない。

「それでも一人では足りないですね。怪しげなふるまいを隠すためにも、ほかに数人の手助けは必要でしょう」

「そういうことになりますかね」

「それと、もう一方の角材の端を押さえるための船も」

「はい」

「その船は目立たないよう、黒っぽく墨でも塗っていたりして」

「いいですねえ、喬太さん」

「忍び者の船もそんなふうだったりして」

「ほう、ほう、なるほど」

「となると、斬りつけた者のほかに、少なくとも四、五人の仲間が……」

喬太の脳裏に、大和屋の店先で耳にした話がよみがえった。

旗本奴があそこのお嬢さんと……。旗本奴なら、それくらいの数はかんたんに集められたはずである。

それにしても、最初に聞いたときは、水の上を歩くなんて信じられないことに思えたが、こうしてわかってみれば、他愛《たわい》ないしかけではないか。子どもだましと言えなくもない。

「だが、なんでそんな奇妙なことをしたのでしょう？」

と、喬太は言った。しかけよりも、それがいちばん不思議ではないか。

「なんでしょうね。それは、喬太さんが考えることでしょうね」

「そりゃあ、そうですよね」

と、喬太は屈託なく笑った。

和五助と別れると、

――曲者は大和屋を斬るときにいきなり斬ったのだろうか？

そのことが気になりだした。

万二郎親分が大和屋に訊いたところでは、「とくになにも……」という返事だったらしい。それは本当なのか。

なにも言わずに斬られても、大和屋はわけがわからないだろう。

だが、あれだけ手間がかかることを仕組んだからには、ただの悪戯だとは思えない。斬るほうにももっと大きな狙いがあるのだろうし、それを大和屋に伝えようとはしなかったのか。あるいはすでに、伝えてあったのか……?

——大和屋が隠そうとしているなら、訊いても無駄だ。

確かめるためには船頭や客に訊いたほうがいい。まずは、渡し船の船頭を探した。

こちらの岸で待っていた船頭は別の人だったが、入れ替わるのを待っていると、このあいだの船頭がやってきた。

「おいらは町方の下っ引きをしてる者なんですが、ちょっと訊きたいことがあるんですよ」

「ああ、あんた、そうだったの?」

船頭は、この何日かで何度も乗せて顔見知りになっていた喬太を改めて眺め、意外そうな顔をした。

「頼りなさげでひょろ長いから、竹ひごの職人さんあたりかと思ってたよ」

「竹ひごの職人……」

と、がっかりしたが、

「あの、斬りつけ騒ぎのときなんですが、曲者が大和屋に斬りつけるときになにか言わなかったですかい？」

「ああ、言ったね。だが、あっしは頭がごちゃごちゃしてきて、なんだかわからなくなっちまったんだ」

そういうものだろうが、それなら人のことを「頼りなさげ」だなんて言わないでもらいたい。

だが、船の中には落ち着いてなりゆきを見ていた者だっていたにちがいない。

「誰かおなじみの客はいなかったですか？」

「あ、いた。座頭の新《しん》さん。何日かおきに、深川から揉《も》み治療に川を渡ってくるんだ」

座頭の人なら、ちゃんと聞いていることはありうる。目のかわりに耳だけで、周囲のさまざまな動きやかたちを判断するくらいなのだから。

「ほら。うわさをすれば、ちょうど、来たぜ」

杖《つえ》をついて、川岸をやってくる。体格のいい座頭で、こんな人に揉まれたら、喬太の細い骨など折れてしまいそうである。目はまったく見えないわけではないらしく、川から突き出た杭《くい》などは杖の先でぽんと叩いた。

その座頭の新さんに訊いた。

「あ、言いましたよ。あたしはすぐ隣りにいたんで、よく聞こえてました」

「なんて？」

「奪ってやると」

「奪ってやる？　それだけ？」

「はい、それだけです。脅すというより、なんだか自信たっぷりに宣言するような口調で、奪ってやるぅうと」

新さんは口真似をした。ドスのきいた声で、能だか狂言だかの台詞まわしのようである。

大和屋から奪うものは、金なのか？

それとも、あのお嬢さん……？

六

五日ほどして――。

大和屋をもう一度、訪ねることにした。そうしないことには埒《らち》はあかない。

今度は万二郎親分に頼み、さらに同心の根本進八にもいっしょに行ってもらうことにした。むろん二人には、喬太がこれまでに調べたことはすべて伝えてある。二人も大和屋が肝心なところを隠していると判断し、

「よし。締め上げるか」

と、根本は面白そうに言った。

あるじの長右衛門は万二郎の顔を最初に見ると、露骨に顔をしかめたが、その後ろから根本が現れたので、追い返すのは無理だと悟ったのだろう。

「さ、さ、奥へ」

と、まるで腐った樽の中身を急いでどぶにぶちまけるような調子で、三人は奥へと通された。

大和屋の奥は、やたらと仏像が並んでいた。阿弥陀《あみだ》さまが何体もあれば、観音さまや仁王さま、あげくはお稲荷さまの狐の像もある。信仰心が厚いのか、それとも単に数を揃えたがるだけなのかはわからない。だが、仏像が多いと、罰《ばち》も多くなるような気がする。

座るとすぐ、小女が茶を持ってきた。茶は贅沢なものでやたらと飲むものではない。それを喬太の分まで置いてくれた。

といって、歓待の気配はみじんもない。飲んでさっさと帰れと言わんばかりである。

万二郎は、茶には目もくれない。

「大和屋さん。あんまり隠しだてをすると、とんでもねえことが起きますぜ」

と、十手を振りながら言った。

「とんでもないこと？」

「そう。大事なものが奪われますぜ」

「…………」

大和屋は強《こわ》ばった顔で横を向いた。

「しかも、あんまり隠し立てしてると、奉行所にさからっていることになるんですぜ」

「滅相もない」

「知ってなさるんでしょ。船で斬りつけたのが何者なのか」

「知りませんよ。初めて見た男でした」

「そいつは初めてでも、背後にいるやつはわかってんでしょうが」

「え……」

大和屋はうろたえたのを隠すように、やけにゆっくりと茶を飲んだ。

話すのはたいがい万二郎である。根本のほうは後ろにいて、十手を手ぬぐいで磨いたりしている。だが、大和屋の話がはっきりしなかったりすると、首をかしげ、万二郎にこれみよがしに目で合図を送ったりする。

万二郎もまた、ふだん家で子どもをかまっているときとはまったくちがう。四十前だというのに酒の飲みすぎで目立ちはじめた赤ら顔が、凄みを感じさせている。

大和屋が徐々に追いつめられていくのがわかった。

――二人ともたいしたもんだ。

喬太はとても口をはさむことはできない。いちばん後ろの上がり口のところで、すこしだけ腰をかけているだけで、おやじの形見のようになっている矢立を出し、手帖に書き込んだりしている。

だが、いま、二人が問い詰めていることは、すべて喬太が一人で調べあげたことだった。内心、誇らしい気持ちになった。

「嫁入りはいつでしたっけ？」

「嫁入りですか？」

大和屋はとぼけようとする。

「隠したって駄目ですって。嫁入り道具をそろえたことは、ちゃんと調べがついてるんです。簞笥《たんす》に着物に皿に……。どこでどれをあつらえたのかも言いましょうか？」

それもすべて、喬太が調べたことである。

「いえ、あの三日後に」

と、大和屋はつぶやくように言った。

「その嫁に行くお嬢さまを狙っている者がいるんじゃねえですか？」

「ううう」

大和屋はそのことは言いたくないのだ。うわさになっていたように、すでに傷物だからだろう。

「渡し船の中で斬りつけられたとき、曲者はなにか言いましたよね」

「…………」

「大和屋さん。聞いている者は大勢いたんですぜ。奪ってやると言ったんでしょう」

「はい」

「お嬢さんを狙っているのは、旗本奴ですね」

大和屋はしばらく黙っていたが、もう隠しようがないと思ったらしく、一度、うなずいて、

「そうです。いま世間で評判になっている水野十郎左衛門ほどではありませんが、七、八人ほど集めた若鮎組と名乗る連中の頭領が……」

「名は？」

「岡田《おかだ》長太郎《ちょうたろう》さま」

と、大和屋は言って、大きくため息をついた。

やはり、うわさは本当だった。

喬太がその名をつづろうとすると、根本が大きな声で止めた。

「おっと、喬太。その名は書いちゃいけねえ」

「え？」

ここに入る前はなんでも書けと言われていた。

「それだけは駄目だ。おれたちは知らなかったことにするんだ。相手はお旗本だ。本来なら町方がどうこうできるお方じゃねえ。お縄をかけるとしたら、お目付の仕事さ。だが、路上で暴れたりするなら、そいつは上《うえ》さまのお膝元で狼藉《ろうぜき》を働く不届き者さ。ぶちのめそうが、斬ってしまおうが構わねえのさ」

と、根本は聞こえよがしに言った。

「わかりました。でも……」

「どうかしたのかい？」

喬太は話を聞きながら、最後の謎《なぞ》が解けたと思ったのである。

嫁入りのときは、おそらくここから深川の大前屋まで船で行くことになっていたのだろう。大和屋は酒樽を輸送するための船も持っているのだ。

だが、若鮎組からすると、船では略奪が難しい。しかも、奪ったあとも逃走に時間がかかる。

いまは両国橋ができて、本所深川とも陸つづきになった。なんとかこっちの道を行かせたい。そのために、自分たちには水の上を渡る道具があり、かんたんに沖へさらってみせると脅したのではないか。

水の上を歩く術を見せられた大和屋は驚き、大前屋への嫁入りは両国橋を迂回《うかい》して行くことに決めたにちがいない。

喬太は、根本にこのことを耳打ちした。

「喬太。それだ。よく察してくれたぜ」

根本は喬太の肩を叩いた。


この日――。

大和屋から駕籠《かご》が二つと、三台ほどの大八車が出た。

駕籠の中に、本来は大和屋と娘が乗るはずだが、いまは乗っていない。身代わりに乗り込んだのは、奉行所の中間と小者だった。

出発の前に、根本進八が万二郎や中間たちに、

「気をつけろ。今日は脅しだけじゃねえ。人殺しだってやりかねねえから」

と、注意をうながした。

若鮎組は七、八人ほどいるという。

これが総出で襲撃してきたときに備え、こっちも剣術の腕が立つ中間や、腕っぷしの強いやつを十五人ほど集めた。

喬太はその腕っぷしの強いという数には入らないが、背が高いからいざというとき睨みが利くだろうと、野次馬にまじって援護する役目を与えられた。

——まいったなあ。

武器として十手も与えられたのである。

だが、重くて振り回すのも容易ではない。

茅場町を朝早く出て、江戸橋を渡り、通旅籠町《とおりはたごちょう》を右折した。通油町、横山町を通って、木の香も漂う真新しい両国橋を渡る。

根本や万二郎が予想したとおりだった。両国橋を渡り切ったあたりで、若鮎組が襲撃してきた。おそらく近くには馬がつないであったりするのだろう。

ただ、襲撃して来たのはこっちを舐めたのか、五人しかいなかった。

「おれんを出せ」

駕籠を止めた男が言った。大きな茶せん髷を結っている。だが、顔そのものは鼻筋が通ったいい男である。

大和屋とおれんが白状したところによると――。

歳は三十半ばほどで、屋敷には奥方もいる。大和屋のおれんはそれもわかったうえで、芝居見物の帰りに声をかけられ、いい仲になってしまったという。

どっちもどっちというか、江戸の不良旗本と不良娘がつくった騒ぎなのだ。

「それはできませぬな」

と、一行とは関係なさそうについてきた根本が、前に出た。

「腕ずくでももらうぞ」

「無駄に暴れるのはおやめになったほうが」

と、十手を出した。

「ふん。町方か。黙れ」

岡田長太郎が真っ先に刀を抜いた。

「狼藉だ、狼藉だ」

根本が声を張り上げ、中間や小者も六尺棒を構えた。

万二郎も十手を刀のように構えて突進していく。

つられて喬太も、野次馬のあいだからふわふわした足取りで前に出た。

「てめえら殺されたいか」

旗本奴が刀を払うと、万二郎の十手に当たり、
カキーン。

鋭い音がして火花がはじけた。

旗本奴の刀が、十手の鉤《かぎ》に捕まり、身動きができなくなる。そこを中間が六尺棒を槍《やり》のように突き出し、旗本奴の横顔を打った。旗本奴はくらりとなって、昏倒《こんとう》した。

「きさまぁ」

もう一人の旗本奴が刀を振り回して万二郎に迫った。これを見よう見真似で喬太が十手を前に出すと、
カーン。

と、音がし、喬太はたちまちしびれて十手を落とした。

「死ねや」

旗本奴の剣が喬太の胴を払った。

「うぐっ」

喬太は斬られたかと思った。へなへなと腰が砕け、そのままへたりこむ。

「喬太、大丈夫か」

万二郎が旗本奴を殴りつけながら叫んだ。

「き、斬られた……」

と言いながら、痛みのあるわき腹を撫でた。鎖のざらざらした感触がある。

「あ、大丈夫です」

昨日、和五助に忠告され、鎖の胴をつけてきたのだ。貸してくれたのである。これがなければ、いまごろは内臓が飛び出していたにちがいない。

「喬太はそっちへ下がっていろ」

と言ったのは、根本進八だった。

ふだんおっとりしている根本進八が凄い活躍をした。

たちまち二人、斬った。二人とも腕の腱《けん》を断たれたか、だらりと手を下ろしている。

命に別状はなくとも、刀を振り回すのはもう難しいだろう。

残りは岡田長太郎だけである。

「おのれ」

岡田は振りかぶらず、真っ直ぐ突いてきた。

根本はこれを横から叩くと同時に、さっと身体を寄せた。

ここからの動きは、喬太の目にはよくわからない。

根本が寄せた身体をひねるようにした。すると、岡田の身体が、
ぽぉーん。

と、宙を舞い、一回転して地べたに転がった。

「うっ」

と呻き、顔をしかめた。すでに刀は手を離れ、横に落ちている。

「御用だ、御用」

中間や小者が、岡田の首や肩に六尺棒を当てた。

周りを取り囲まれて、岡田が口惜しそうに怒鳴った。

「町方。名乗れ」

「同心の根本進八と申す」

「きさま、同心風情が。わしは旗本の岡田長太郎だ」

「同心風情ですが、そちらは公方さまの庭で狼藉をしでかす不埒者。旗本だろうがなんだろうが、黙ってみてたらおいらたちの仕事はいらなくなっちまうんですよ」

「裁けるものなら裁くがよい」

と、岡田は鼻で笑った。

腰のあたりを押さえながら立ち上がり、手で着物の裾を払った。落とした刀を拾い、悠然と鞘におさめた。このまま何食わぬ顔で帰るつもりらしい。こんなことはどうせ有耶無耶《うやむや》にできるのだという驕《おご》りたかぶった態度である。

その岡田に、根本は言った。

「おいらの女房ってのは、ちっと変な性格をしてましてね、まわりのやつらによく大丈夫かと言われるんですよ」

「はあ？」

岡田は露骨に根本を馬鹿にするような顔を見せた。

「ただ、おいらの女房は目付の三波兵庫《みなみひょうご》さまの娘でしてね。この件は嫁にくわしく話しておきますので、ちゃんと話は通るでしょうな」

根本のご新造《しんぞう》の実家は、与力ではなく、目付だったらしい。

「なんと、三波の……」

岡田の端整な顔が怯《おび》えたように歪《ゆが》んでいた。


翌日――。

喬太は深川の和五助の家を訪ねた。

手みやげに日本橋近くで買った蒸し饅頭《まんじゅう》を二つ持ってきた。喬太のこづかいではこれが精一杯の手みやげである。

ゆうべは、

「喬太、おめえの手柄だ」

と、万二郎から褒められた。

「とんでもないです」

「謙遜《けんそん》するな」

「いや、本当なんです」

喬太は和五助のことを思っていた。和五助さんがいなかったら、とても解決はできなかった。手柄はあの老人のものである。

　ただ、万二郎は手放しで褒めたわけではなかった。

「それにしても、格闘になったときのあのへっぴり腰はどうにかならねえかな」

「はい……」

「十手はまだ持たせられねえが、なんか武器を使えるようにしておかねえと、いざってときに何されるかわからねえんだぜ」

　そう忠告されたのである。

　――もしかしたら、和五助さんはそのことでも相談相手になってくれるかも。

　そんな期待もあって、大川と小名木川がぶつかるところのこの奇妙な家を訪ねてきたのである。

　――でも、待てよ。

〈もと番屋の橋〉を渡ったあたりで、いったん喬太の足が止まった。

　和五助にはやはり得体の知れないところがある。気をつけて付き合ったほうがいい。

　そうは思いながら、岸辺に和五助の姿を見つけると、

「和五助さん」

「おや、喬太さん」

「これがうまいと聞いたので……」

物心ついたときには亡くなっていた祖父と出会ったように、喬太は足早になる自分を意識していた。

第二話　戦国の面

一

「こんなところにしやがって」

と、つぶやきながら、喬太は狐《きつね》の像の上についた鳥の糞《ふん》を払い落とした。

しつこい汚れである。まったく鳥には信仰心というのがないのだろうか。そのわりには、のんきそうに大空を飛び回っていられるものだと思う。

喬太は万二郎親分の家のすぐそばにある小網稲荷の境内《けいだい》の掃除をしている。

そう大きな神社ではないが、神社独特の清々《すがすが》しさは感じられる。

岡っ引きは威張っているだけでは商売にならない。まめに町内のために働き、信頼を得なくちゃならねえ――とは、万二郎がよくする説教である。

そういうわりには、祭りのときにお神輿《みこし》をかつぐのも面倒がる万二郎なので、下っ引きたちが町内のために掃除やどぶさらいなどに奔走させられることにあいなる。

毎朝、掃除をしているのに、境内にはごみが落ちているものである。近所の悪たれどもがここで集《たか》ったり、恋人同士が逢引《あいびき》をしていたり、そのつど、食いかすや煙草の葉やよくわからないごみが出るらしい。一度は腰巻が落ちていたことがあった。

ただ、喬太は一日をここから始めることは嫌ではない。

まず、お祈りをする。そのつど、祈ることは三つと決めている。欲張ってはいけない。もっともお賽銭《さいせん》をあげることはないのだから、三つでも欲張り過ぎかもしれない。

——おやじが生きていますように。

これは必ず祈る。

——おふくろがもうすこし元気になりますように。

これも近ごろは毎日祈る。

母のおきたは、このところ沈んでいることが多い。せめてため息をつく癖はなくしてもらいたい。あれをやられると、こっちまで枯れ葉のおひたしでも食べているような気分になってしまう。

——物騒なことが起きませんように。

今日はこれを三つめの祈りにした。物騒なことに駆り出されるのが嫌なのだ。そういうときは自分でも顔が真っ青になるのがわかる。胸が激しく高鳴り、足ががくがくするくらいの震えもくる。

つくづく自分は小心者なのだと思う。

だが、岡っ引きの手伝いをしていて、物騒なことに出会わないなどというのは無理だろう。万二郎には、誰でも最初はそうなのでそのうち慣れると言われたが、そんなことには慣れたくないとも思ってしまう。

「おい、喬太。こっちに犬の糞があるから片づけておけよ」

と、丑松《うしまつ》が言った。

万二郎のところには喬太のほかにあと二人、下っ引きがいた。

一人は八十吉《やそきち》といい、もう二十五になる。昔はかなりの悪たれだったらしいが、今年の春に嫁をもらってそれどころではない。早く一人前になりたくて頑張っている。じっさい、まもなく十手を預かるだろうと言われている。

その八十吉は神社の掃除には出てこない。もっぱら奉行所につめ、万二郎への伝言を持ってきたり、同心たちの雑用を助けたりしている。

もう一人が丑松。喬太の二つ上である。おやじが芝のほうで岡っ引きをしている。あとを継がせるつもりだが、その前に他人の飯を食ったほうがいいと、万二郎親分のところに預けられている。

とても二つ上には見えない。喬太からすると、二十くらい上に見える。髭が濃く、腹が出ている。昼寝が好きで、町に調べに出ても、親分の目を盗んでは昼寝をしている。その、寝ているときの腹のふくらみ具合やいびきの音を聞いても、とても十九には見えない。

町の人に話を訊くときは、袖を引っ張って道の隅に寄せ、小声で話を訊く。丑松のおやじは見たことがないが、きっと同じような訊き方をするのだろう。

丑松が喬太のことを嫌っているのはまちがいない。

万二郎の手前、おおっぴらに意地悪はできないが、近所の友だちと悪口を言い合っているのは感じる。

いまも、顔なじみの近所の若者と、ちらりとこっちを見て笑った。

このあいだの捕り物のとき、喬太が腰を抜かしたようになったことを笑いものにしていたにちがいない。八十吉はいなかったが丑松は来ていて、喬太に斬りつけた旗本奴を六尺棒で打ちのめしたのは丑松だったらしい。もっとも、喬太はあのとき、呆然《ぼうぜん》としてしまい、丑松のことなどまるで見ていなかったのだが。

前に長屋にいた新吉とどことなく感じが似ている。早熟で、子どもからいきなり大人になるような男がときどきいるが、新吉も丑松もそんな感じである。おいらはどうもこの類《たぐい》の男から敵視されやすい人間なのだろう。

「丑松」

と、隣りから万二郎の女房のおかよが呼んだ。おかみさんは丑松のことをかわいがっている。丑松もおかみさんの前では素直な若者に見える。

「おかみさん、なんですかい」

「ちっと、簞笥を持ち上げておくれ。裏っかたに小銭が転がったんだよ」

「はいはい。いま、行きますよ」

喬太の前を通り過ぎた。こちらはちらりとも見ない。明かりを消した行灯《あんどん》のような顔。

なんだか、お面をかぶっているように見えた。

喬太が万二郎の家にもどって、玄関や土間の掃除をしていると、

「万二郎はいるかい?」

と、奉行所に詰めている小者が来た。名は伊蔵《いぞう》といったはずである。万二郎も町ではいい顔をしていたって、奉行所の下働きとは同格なのである。

「親分。奉行所の伊蔵さんが……」

「おう、どうしたい?」

「根本さまがお呼びだ。鍛冶町一丁目の〈高松屋《たかまつや》〉てえ質屋で殺しがあったんだ。八十吉は秋田さまの用で出ちまったので、おれが呼びに来させられたってわけさ」

伊蔵は恩着せがましく言った。秋田さまというのは、旗本奴のようにもみあげを伸ばした柄の悪い同心で、八十吉は意外にかわいがられているらしい。

「そいつはすまねえ。ちっと茶でも飲んでってくれ。おかよ、伊蔵に甘いものでも出してやってくれ」

と、万二郎は十手を腰に差し、

「丑松、喬太、いくぞ」

掃除は中止して、飛び出した。

さっき、物騒なことがないようにと祈ったばかりだったのが、お稲荷さまには通じなかったらしい。もっとも拝んだときにはすでに、殺しは起きてしまっていたのだろうが。

小網町からいったん日本橋の前に出て、北にまっすぐ行けば鍛冶町である。

「親分、鍛冶町は神田ですが、いいんですかね？」

と、丑松が訊いた。

「ああ、いいんだ」

日本橋周辺をおもな縄張りにする万二郎からすると、縄張りの外だが、同心の根本が呼んだというのだから、文句を言われる筋合いはないという。

高松屋は表通りに店を構える大きな質屋だった。

いつもなら、帳場のある二十畳ほどの畳敷きに客たちが座って、手代や小僧を相手に値段の交渉などをしているのだろうが、今日は板戸が閉じられたままである。のれんも出ていないが、「質物《しちもつ》は十二ヶ月で流れます」という張り紙はあった。

根本が店の前にいて、戸口の下のところにかがみこんで、なにかを調べているようすだった。

「根本さま」

「おう、万二郎。おいらも来たばっかりだが、ひでえもんだぜ」

と、中を指差し、顔をしかめた。

「殺しだそうで」

「ああ。仏は二つだ」

丑松がすぐに入ろうとして、

「おうおう、そこを踏むなよ」

と、根本から注意された。足跡がかすかに残っていたらしい。

くぐり戸を腰をかがめて入った。喬太はいちばん後からつづいた。

すぐに血の匂いがして、喬太は逃げ出したくなった。

ひどい光景だった。一人は頭の真ん中を叩き斬られ、一目見ただけで喬太はたまらず外に飛び出し、吐いた。もう一人は目の隅でちらりと見ただけだが、背中をばっさりやられていたような気がする。

——なんてひどいことをしやがるんだろう。

昨日まで元気で生きていた人間が、あんな惨《むご》たらしい骸《むくろ》になっている。人の命ってものをどう考えていやがるんだ。

なにも吐くものがなくなった。何度か深呼吸をする。それでもえずきたい嫌な感じは消えない。手ぬぐいを口にあて、できるだけ血の匂いを嗅がずにすむようにして、もう一度、中に入った。

丑松は頑張って凝視《ぎょうし》している。

両方のこぶしを握り締め、震えを抑えようとしているのが後ろからでもわかる。それでも、見ることができるだけ、自分よりはすごいと喬太は思った。

「どちらも一太刀《ひとたち》で斬っている」

と、根本が丑松に教えるように言った。

喬太は直視できないが、そうらしい。

「かなりの腕だ」

と、根本は感心までした。

「侍ですね」

と、万二郎が言うと、

「近ごろの侍にこれほど腕の立つやつがいるかね」

根本は首をかしげた。

平和がつづいていて、刀まで売り払って竹光を差している武士が多いとは、喬太も耳にしている。

土間の隅に立ったまま、ぶるぶる震えている男がいた。

「おめえさんが見つけたんだよな」

と、万二郎が訊いた。

「へえ。あたしは通いの手代で藤七《とうしち》といいます」

この藤七が来たら、くぐり戸がすこしだけ開いていた。いつもは板戸もすべて開け放たれているか、あるいはかんぬきがかけられている。閉まっているときは、外から戸を叩いて開けてもらうが、いままでこんなふうに中途半端に開いているなんてことはなかったという。

「おかしいなと中に入ると、凄い血の匂いがして……」

と、手代の藤七は遺体を指差した。

「頭をやられているのがあるじだよな」

「ええ、そうです」

と、そちらは見ないまま答えた。

「もう一人は？」

「はい。手代の末吉さんです。末吉さんはあたしとちがって住み込みです」

「ちゃんと戸締りはしたのかい？」

万二郎が訊いた。

くわしく訊くのはいつも万二郎の役目である。根本はすこし離れたところから、訊かれている者の表情や言葉づかいをさりげなく見る。これは長年のあいだにつくられた二人のお調べのときの型のようなものなのだ。

「あたしはいつも出てしまうので、中のことはちっと……」

と、藤七は答えた。

「ゆうべはいつごろここを出た？」

「店じまいして、昨日はとくになにもなかったので、暮れ六つから少ししたころには帰りました」

「家はどこだ？」

「藍染橋《あいぞめばし》近くの松枝町の長屋です」

三町ほど先で、すぐ近くである。

「変わったようすはなにもなかったんだな」

「はい。ありません」

「おめえ、まっすぐ家に帰ったのか」

「いえ」

気まずそうな顔になった。

「なんだよ」

「ちっと橋本町の裏になじみの女がいまして」

「あそこか」

岡場所にしけこんだのだ。もちろん非公認の悪所であり、奉行所はこのところ岡場所に対して厳しい対応を取っていた。

「だが、四つには長屋にもどってました」

「よおく思い出せよ。旦那や手代に何も変わったようすはなかったんだな？」

と、万二郎はゆっくりした口調で訊いた。

それからそっぽを向き、答えを待った。

「はい」

　と、手代の藤七はすぐに答えた。万二郎が期待したほどゆっくり考えたようには見えなかった。

「この何日かは？」

「まったくありません」

「客と揉めたとかは？」

「この十日ほどは」

「ちっと前にはあったのか？」

「それは質屋ですから、高く買えの、買えないのという揉め事はしょっちゅうです」

「ふうむ」

　万二郎は、根本のほうを見た。この男からはたいした答えは得られそうもありませんねと、顔が語っている。

　外が騒がしくなった。

「どけどけ」

　という威張った声もした。高塚猛二郎《たかつかたけじろう》という同心の声である。

「なんでえ、もう野次馬が出て来たかい。おめえらの家でなんかあったときも、野次馬をいっぱい集らせてやるからな」

と、脅すようなことも言っている。

その高塚も、中に入るとすぐ、

「こりゃあ、ひでえな」

と言って、柄にもなく手を合わせた。

そのあとから、さらに同心が一人来た。浅井《あさい》文吾《ぶんご》という名の、まだ若い同心である。

こちらは遺体を見ると、きっと険しい顔になり、

「いま、隣りの店で聞いたのですが、婆《ばあ》さんが物音を聞いたそうです。押し入ったのは、おそらく丑三《うしみ》つ時らしいと言ってました」

「だろうな」

根本も血の乾き加減などから、それくらいに見たらしい。

根本はあとから来た二人の同心に、近所の訊きこみや、周囲に縄を張る仕事などを頼み、

「二階に行くぜ」

と言った。

上がって右手に部屋があり、まだ布団が四つ敷きっぱなしになっていた。

「あるじたちの寝間だな」

と根本は言い、中に入った。

金魚の絵が描かれた掛け軸が半分あたりから引きちぎられ、裏の壁に小さな隠し部屋のようなものがあるのが見えている。もちろん扉は開けられ、中は空になっている。

「どれくらい入ってたんでしょうね？」

万二郎が訊くと、

「まあ、この大きさだと、千両箱三つってところじゃねえか」

と、根本は言った。

窓が開いている。

万二郎は二階からどんどん野次馬が集まってきている下の道を見て、

「丑松。おめえは下の道に出て、怪しい野郎がいないかよく見ていろ」

と、丑松に言った。

「へえ」

丑松は、怪訝《けげん》そうな顔をした。

「下手人がしばしばてめえで起こした騒ぎを見物に来ていたりするのさ。怪しいのがいたら、あとをつけろ」

「わかりました」

そういうものかと喬太は感心した。

「親分。おいらは？」

「丑松だけでいい。おめえは他にやってもらうことがあるかもしれねえから、そこにいろ」

「はい」

と、がっかりした。

あんなむごったらしい遺体がある家からは、早いとこ出て行きたい。

「じゃあ、あっちだ」

根本は次に向かい合わせの部屋に入った。

そこには女房と二人の子ども、それに小僧二人がいた。

「おかみさんだな？」

と、根本が先に声をかけた。

「はい」

派手な辻が花の着物を前帯で結んでいる。叫びたいのを我慢しているように、口を押さえていた。

「とんだ目に遭ったな」

そう言って、まずは大雑把にゆうべのことを訊いた。

三人組が押し入ってきて、亭主を起こすと下につれて行った。

三つの子どもは何も気づかず、ずっと眠りこけていて、女房と十歳の倅《せがれ》、それと小僧二人が、後ろ手にまとめられ、猿ぐつわをされて、ここに転がされた。

残虐だが、女子どもを助けるくらいの人間味は持っていたのだ。

三人組は何度か上と下を行ったり来たりしていたが、階下でなにがおこなわれたかはまったくわからなかった。

だが、亭主と手代の末吉が殺されたことは、さっき藤七から聞いたそうだった。

「そのままにしてな。一階にはまだ降りねえほうがいい」

と、根本は言った。むごたらしいようすを見せないでおこうというのだ。

「押し入ったのは三人にちがいねえな？」

と、万二郎が訊いた。

「はい」

「顔は？」

「三人とも覆面とお面で顔を隠していました」

「お面？」

「それはもう恐ろしげな顔で……」

女房はそこまで言うと、その顔を思い出したか、気を失うように倒れかけた。

「喬太。水持ってこい」

「へえ」

慌てて下に行き、汲んできた水を飲ませた。すぐに息は吹き返したが、身体がわなわなと震えている。叫びたいのをこらえているふうである。とても満足な話は聞き出せそうもない。

万二郎が根本を見ると、根本もこれは駄目だというふうに首を横に振った。

「姿格好に見覚えは？」

と、万二郎は次に、小僧たちに訊いた。小僧は二人とも十三、四くらい。片方はうつむいて、悔しそうに泣きじゃくり、もう片方はぼんやりしている。

「ありませんでした」

と、泣いているほうの小僧が答えた。

「声は？」

この問いには、小僧二人は何度も首を横に振るばかりである。すると、

「話してたのは一人だけで、くぐもった声でした」

と、小さな男の子が言った。

「ここの息子かい？」

万二郎が訊いた。

「はい。誠吉《せいきち》と言います」

と、自分で名乗った。十歳ほどである。女の子のようにやさしい顔だが、気持ちはしっかりしているらしい。

「くぐもった声なあ」

万二郎はがっかりしたような調子で言った。覆面やお面をされてしまうと、よほど特徴的な声でない限り、生の声を想像するのは難しい。

「でも、その面をかぶっていたのは、頭領なのだと思います」

と、誠吉が言った。そのはっきりした物言いに、喬太も思わず目を瞠った。

「なんでだい?」

「ほかの二人に命令していました」

「なるほどな。さっきおっかさんが怖ろしげな顔と言ったが、どんな顔だったんだ?」

万二郎が腰を下ろし、同じ目の高さにして訊いた。

「鬼です」

「鬼の面か」

「こういう目でした……」

誠吉はちょっと立ち上がり、自分の机らしきところから筆と紙を持ってきて、絵を描いてくれた。

「鼻はこうです。口はこんなふうにねじ曲がっていました。目も鼻も口も怒っていました」

うまいものである。ほんとに凶悪な顔が浮かびあがっている。

「なるほど鬼だな」

「ただ不思議なのはツノがなかったんです」

「じゃあ、鬼ではなかったんじゃないのかい？」

と、根本がやさしい調子で訊いた。

「でも、あれが鬼じゃなかったら、まずいと思います。人間と鬼の区別が無くなってしまいますから」

あまりに大人っぽい答えに、根本と万二郎は顔を見合わせた。こんなときでなかったら、くすりと笑いもしたかもしれない。

だが、喬太は内心、首をかしげた。

——なぜ、顔を覆うだけでなく、子どもを脅すようにそんなお面をつけなければならなかったのか？

次に、万二郎は小僧二人のほうを向いた。

「戸は小僧さんたちが閉めるんだってな。ゆうべは誰が閉めた？」

「おいらが閉めました」

と、さっきまで泣いていたほうが答えた。

「本当に閉めたんだな？」

「はい。それで必ず手代の末吉さんがたしかめますから、まちがいありません」

「うん、そうか」

と、万二郎はうなずき、根本に目配せして女子どものところから少し遠ざかった。

「根本の旦那。小僧の言うことはおそらく本当でしょう。とすると、内部に手引きをした者がいることになりませんか」

「誰がやるんだ？　女房か？」

「いや、殺された末吉が手引きしたってことも考えられますぜ。結局は、欲のたかったやつらに殺されてしまいましたが」

「ふうむ」

と、根本が納得いかないというような声を出した。

喬太は胸のうちで、

——得意客の中には、開ける手口や思いがけない手口を実行できるやつもいたかもしれないぞ。

と、思った。

たとえば、茶飲み話に来ていて、そのまま厠《かわや》にでも隠れていたりすれば、夜中に出てきて仲間を引き込むこともできる。

三人のうちの一人がそれをやればいいのだ。

――おいらは得意客を当たらせてもらおうか。

そう思ったとき、この店の女房が立ち上がろうとして、なかなか立てないようすを見せた。

「どうしました？」

「薬を飲みたいんです。動悸《どうき》がひどくて。前から飲んでいる薬が、帳場の机のところにあるので、取りに行ってもかまいませんか？」

「それは……」

万二郎は顔をしかめた。まさにそこのところに亭主が頭を割られて死んでいるのだ。

「喬太。取ってきてやれ」

「はい」

とは言ったが、胃のあたりが何度もうずいた。

だが、丑松もいないし、嫌とは言えない。仕方なく、階段を降りた。

見ると遺体にはさっきはなかった莚《むしろ》がかけてあった。その向こうに帳場の机がある。

――よかった。見なくてすむ。

机に近づくと、ちょうどくぐり戸から入ってきた同心の高塚猛二郎に、

「おい、小者」

と、声をかけられた。

「何でしょうか」

「ちっと仏さんの懐を見てくれ。鍵が入ってねえか？」

「は……」

「ほら、早くしろ。馬鹿野郎」

覚悟を決めて、莚をめくった。

すぐに割れた頭が目に飛び込んだ。焦点を合わさないようにして懐を探る。それでも、目の前は赤く染まり、血の匂いが喬太を包み、手先は固まった血糊《ちのり》のごわごわした感触を伝えてくる。

――おいらはこういう仕事をしているのだ。

と、喬太は思った。血にまみれた人と切っても切れない仕事。人間の悪を見つめる仕事……。

鍵は懐にはない。すぐに袂《たもと》をさぐると、あった。

「ありました」

と、高塚に渡した。

机を開けると、頭痛の薬はすぐにわかった。これを持って、急いで上にもどろうとしたが、

――ん？

なにか気になった。

東側に小さな、格子の入った窓があり、そこから陽が差し込んでいた。その陽が、くぐり戸のところに当たっている。

窓からくぐり戸までは、さほどの距離はない。

この窓は、内側から格子を嵌《は》めているためか、鍵はかからない。

もしかしたら、外からあの窓を開け、物干し竿のような長い棒で、くぐり戸のかん

ぬきを外すことができるのではないか。

そう思ったが、あとで確かめてみようと、このときはその場をあとにした。

二

二階にもどると、根本や万二郎はもう一度、手代の藤七の話を聞いていた。

「末吉さんは住み込みのうえに、あたしより仕事ができたので、値踏みが難しいのはほとんど旦那さまと末吉さんが担当したのです。あたしは着物とかが多かったです」

と、帳簿をめくりながら藤七は言った。

「ですから、お侍はほとんどあたしの担当ではなかったので……やっぱり帳簿を見ただけではわかりかねます」

「帳簿の名はみんな本当の名前なんだろうな？」

と、万二郎が訊いた。

「いやあ、半分は嘘の名じゃないでしょうか？」

藤七がそう言うと、

「だが、それではまずいだろう。質に入れるなら、請け人（保証人）の印も必要なはずだぜ。嘘は通らねえだろう」

根本がきつい調子で言った。

「ですが、相手がお侍ですと、なんとなく嘘くさい請け人の印でも、ものさえよければお預かりしていたようなのです。これはどこもそうじゃないでしょうか」

「ふん」

根本はそっぽを向いた。たしかにその通りなのだ。

請け人の印も取らないどころか、質札も出さない質屋も横行しつつある。こちらはひと月くらいで流してしまうのだが、それでもこの悪質な質屋に持ち込む庶民は多い。まっとうな質屋を支援するうえでも、あまり厳しく監視するのは逆効果になってしまうのだ。

「怪しいやつはどうだ？」

万二郎が帳簿を見ながら訊いた。

「怪しいやつと言われると、質屋に来るのは皆、そんなやつだらけのような気もしてきます。だらしなく金を使ってしまうやつ、金に困ってつい悪事に走ってしまうやつ。疑えばきりがありません」

「だったら全員並べろ」

と、根本が不機嫌そうに言った。

すると、藤七はあわてて、

「でも、とくに怪しいのは、この向こうの長屋にいる金助と、こっちのたぶん川向こうから来る頭の禿《は》げた浪人者が」

と、帳簿を指差した。

万二郎が喬太にうなずきかけた。

喬太は急いで父の形見の矢立を出し、

向こう長屋　金助
川向こう　はげ　浪人

と、書いた。あとで調べに行かされるだろう。

「じゃあ、蔵を見に行くか」

と、根本は藤七を案内させた。

帳場の奥の廊下を進むと、突き当たりが蔵の入り口になっていた。

「鍵はいくつでえ？」

と、錠前を開けている藤七に、万二郎が訊いた。

「二つだと思います。旦那さまと末吉さんが持ってました。まだ、合鍵があるのかもしれませんが、あたしは知りません」

鍵が開いた。喬太もいちばんあとから中に入った。

——カビ臭い。

そう思った途端、鼻がむずむずし、くしゃみがつづけざまに出た。喬太は埃《ほこり》っぽい部屋に入ったりすると、よくこうなる。手ぬぐいで鼻を押さえ、口で息をするようにした。

半分ほどは整理されているが、もう半分はそのまま出しっぱなしになっている。番号札を見ると、質に入った順に並べられているだけらしい。

いちばん多いのはやはり着物らしく、どれも畳紙《たとうがみ》で包まれ、紐《ひも》でしっかり結わえられている。

「ここにも金があったんだろ？」

と、万二郎が広い蔵の中を見回しながら言った。

「ええ。でも、金はその奥の小部屋の中で、あたしはこちらには入ったことがないものでよくはわかりません」

「そうなのかい」

万二郎は小部屋をのぞき、根本に向かって首を振った。空っぽなのだろう。

「だろうな」

と、根本は言った。

「金のほかに、質草で無くなっているものはねえのかい？」

と、万二郎が訊いた。

「全部覚えているわけではありませんが、大きなものではたぶんないように思います」

「刀剣や甲冑《かっちゅう》なんぞもけっこうあるんだな」

「そうですね」

「侍もずいぶん来るってことだろ」

「はい。ですが、ご浪人のほうが多いような気がします」

「だろうな」

「ほんとは、武具の類は嬉しくないのです。あまり安く見積もると怒られますし、治安のためにいちいち帳簿の写しを町役人に差し出したりしなければなりませんし」

と、藤七は口を尖《とが》らせた。不平の多そうな男である。

蔵の壁際に、鎧《よろい》が何領か並んでいる。

赤糸縅《あかいとおどし》の義経が似合いそうな鎧は、傷も糸のほつれもない。

「まったく、こういうふうにほとんど傷がないのは、ろくろく合戦にも出ないお殿さまだったんだろうな」

と、万二郎は兜《かぶと》を叩いた。

その隣りには、傷だらけの南蛮胴がある。

「こっちの殿さまは頑張ったみてえだ」

喬太が見ても凄い傷である。和五助が身につけた鎧だと言ってもおかしくない気がした。

「槍もあるな」

と、万二郎は手に取った。かなり長い槍である。

札がつけてあり、「又三郎」と書いてある。持ち込んだ男の名前なのだろう。

「持ってきたやつは覚えてるかい？」

と、万二郎は訊いた。

「いいえ。あたしは武具はやらせてもらえなかったので」

喬太はこの槍が気になった。

――これを持ち込んだとき、あのかんぬきから窓までの長さを測るのに使えそうだな。

「ううん。もしかして……」

と、思わず口に出した。

「どうした、喬太？」

隣りにいた根本が訊いた。

「へえ、じつは」

と、窓から長い棒でかんぬきを開けたのではないかという推測を語った。

「そりゃあ面白い。その槍を持って来い」

と、根本は急いで帳場にもどった。

「ここだな。ここで槍を使い、さりげなく距離を測るわけだな」

そう言いながら、くぐり戸のところから窓まで槍を伸ばした。安全のため、皮の袋で包んだ槍の穂先が、窓の格子に当たった。

「うむ。この槍なら届くぞ」

「そうですね」

喬太も嬉しそうにうなずいた。

「やってみよう。喬太、そのかんぬきが外せるものか」

「はい」

根本と喬太で外に回った。万二郎は中でかんぬきを差し込んだ。

「よし、ここから槍を突き入れてと……」

根本は槍の穂先でかんぬきをねじるようにし、引き出した。かたりと音がして、かんぬきは留め金から抜けた。もちろん、この槍はすでに質に入っていたから、使われたのは別の槍とか棒だったろう。だが、この方法でできるのである。

「よく見破ったじゃねえか」

と、根本は笑って、喬太の肩を叩いた。

内部の者が手引きをしたわけではないことがわかると、槍を持ち込んだ「又三郎」という男の身元を探ることになった。

だが、根本も万二郎も、おそらくは偽名だろうと見ていた。

とりあえず、八十吉も丑松もそして喬太も、しばらくはその又三郎を探し回ることになるのだろう。

万二郎は、まだ、なにかあったかなという顔をしたあと、

「喬太。おめえは子どもと話すのがうまいから、ここの倅の話をもうちっと訊き込んでくれねえか。子どもってえのは、意外なものを見ていたりするからな」

と言った。

「わかりました」

喬太もツノがない鬼の面というのが気になっていたのだ。

もう一度、二階に行った。

近所の女たちが、これからすることになる通夜や葬儀の相談に来ていたが、女房は布団を敷き、すこし横になっているらしい。

小僧二人はずっと飯も食べていなかったので、隣りの瀬戸物屋で飯を食わせてもらっているという。誠吉だけは、ここにいたいというので、おにぎりをつくってもらい、机の前でそれを食べているところだった。

「やあ」

と、喬太は遠慮がちに声をかけた。

「うん」

誠吉は寂しそうにうなずいた。

絵が机に載っている。円や半円、円のかけらのようなものがいっぱい並んでいる。

「手習いかい？」

喬太は近くの寺で字を習ったが、こんなものは教わらなかった。

「手習いじゃありません」

「月の満ち欠けだよね」

喬太がそう言うと、誠吉は驚いた顔をした。

「えっ、わかりますか？」

「わかるさ。おいらも描いたことがあるもの」

「ほんとですか」

「ああ」

嘘ではない。五年ほど前になるか。空に浮かぶお月さまはどうしてかたちを変えるのか不思議でたまらず、毎夜、かたちの変化をなぞったのだった。おやじがそれを見て、

「面白いことをするんだな」

と、笑ったことも覚えている。

「こんなことに興味を持つなんて、おかしな子どもだって言われます」

誠吉はそう言った。

「別に月に限ったことではないんだけどね」

「はい。おいらは虫のかたちも好きで、たくさん絵を描きました」

「ああ、おいらも虫は大好きだよ」

その虫の絵も見せてくれた。いろんな虫を描いている。その一枚一枚が、細かいところも手を抜いていない。

てんとう虫が羽を広げているさまは、よくよく眺めなければ描けるものではない。

「これはおいらより凄いよ」

「いやあ、そんなことは……」

嬉しそうに謙遜した。

賢そうな子どもである。父親を早く亡くしたことに同情した。

もしも喬太の父が本当に明暦の大火で死んでいたら——その可能性のほうが高いのだが——喬太は十四で父を失ったことになる。だが、誠吉はまだ十歳である。

無理やりゆうべのことを訊き出すのがつらくなった。もう少しあいだを置いて訊いても、この子なら忘れてしまうということはないはずである。

「あれ？」

と、誠吉が顔を上げた。

「どうしたい？」

「気になることを思い出したんです」

「気になること？」

「はい。ゆうべの鬼の面の男ですが、おかしなかぶり方をしていたんです。単に後ろを縛るだけでなく、上と横できつく結んであったんです」

さすがに誠吉は細かいところまでよく見ている。

誠吉にこんな能力があると知っていたら、まちがいなく下手人は誠吉を殺しただろう。

逆に、下手人は身内ではないと思う。身内なら誠吉の賢さを知っている。

「ふうん。どういうことなんだろう」

「そのお面がすごく重いものだったのではないでしょうか？」

「重い？」

「そんな感じがしましたよ」

お面というのは重いものなのか。たしかだいぶ以前に、小網稲荷の祭礼で狐のお面をかぶって行列に付いて回った記憶がある。だが、重かったなどという覚えはまったくない。

「色は？」

と、喬太は訊いた。矢立と手帖を取り出している。

「赤鉄色をしてました」

「ほかの色は？　白とか金とかを塗っていなかったかい？」

以前かぶった狐の面は、色がついていたはずである。

「なかったです。あれはたぶん地金の色だと思います」

と、誠吉は闇の中を探るような目をして言った。


あとはとくに思い出すようなこともなかったので、喬太は切り上げて一階に降りた。根本と、あとから来た二人の同心、それに万二郎が加わって、いろいろ相談をし終えたところだった。これからの調べの手順を打ち合わせていたのだろう。

「どうだ、手がかりになりそうなことは訊けたか？」

「はい。お面のことを」

「ふうん。お面な……」

いま訊いたことを一通り万二郎に話し、

「親分。お面というのは誰がつくるんですか？」

と、訊いた。

「面師というのがいるのさ。前に吉原があったあたりに、人形師が何人も店を出している。そのなかには面師もいたはずだぜ」

「吉原ですか」

子どものとき、あの近くを通って、真っ白い女たちにいっせいに手を出され、ひどく怖かったことを思い出した。

つい、怯えた顔をしたらしく、

「そんなに怖がるなよ」

と、万二郎はからかうように言った。

「いろいろ訊きたいことがあるので、いまから行ってもいいですか？」

本当なら、さっき名前が出て手帖につけたここの客や「又三郎」を当たらなければならないはずである。だが、

「ま、いいか。おめえには、妙な勘働きがあるからな」

と、万二郎は許してくれた。

三

「あのう……」

土間のところに立って、喬太は遠慮がちに声をかけた。

吉原は大火で焼けたあと、浅草寺の裏手に移っていった。だが、やはりその名残りなのだろう、跡地界隈にはふつうの商売よりどことなく艶っぽかったり派手だったりする店が立ち並びはじめていた。居酒屋、三味線屋、組紐屋、人形屋……お面を売る店もそのひとつのように思えた。

「なんだい？」

こっちは向かずに面師が答えた。歳は四十ほどだろうか。

機嫌が悪そうではない。仕事に集中していて、愛想をふりまくゆとりもないといったところだろう。

「町方の者ですが、お面について訊きたいことがありまして」

「じゃ、そこで待っててくんな」

と、面師は言った。

能の面を打っているところだった。白塗りの女の面である。ほとんど完成が近い。

筆で色を塗っている。一心不乱である。

こういう姿には覚えがある。喬太のおやじもそうだった。仕事に夢中になると、寝食を忘れた。それくらいでないと、いい仕事はできないのだろう。

喬太にもそういうところはあるが、なにせぶきっちょだったから、職人としてはどうしようもない。

真っ白い顔にかすかに紅が入った。

不思議なお面である。正面を向いているときと、すこしうつむいたときとでは、表情の印象がずいぶんちがう。うつむいたとき、切なさや悲しみがにじみ出る。

「向きによって表情が変わりますね?」

思わず訊いてしまった。

「だろ」

と、面師も答えた。

「それは故意にやっているのですか?」

「まあな。でも、なかなか気づいてくれないよ。お前さんは能をやったことがあるのかい?」

「とんでもない」

と、あわてて首を横に振った。やったことどころか、見たこともない。

壁にはお面がいっぱい並んでいる。

お面のような顔というが、お面にはちゃんと表情がある。むしろ、人間のほうが表情を感じない顔をしたりする。

「それで、何が訊きたいって？」

ひとつ完成したらしく、面をわきに置いて、面師が訊いた。仕事をしていたときは四十くらいに見えたが、もう少し歳はいっているかもしれない。眉が白く、前歯が一本欠けていた。

「じつは、ゆうべ、鍛冶町で質屋が押し込みにあいまして、旦那と手代が殺されたんです」

「そりゃあまた……」

気の毒そうな顔をした。

「そのとき、下手人がちょっと見には鬼の面のようなものをかぶっていたんだそうです。それで、なにか手がかりにならないかと思いまして……」

「なるほどな。なんでも訊いてくれていいぜ」

と、面師はうなずいた。

「面はなにでできているのですか？」

「いろいろだよ。いいものなら桐の木を削ってつくる。だが、そんな贅沢《ぜいたく》をできないときは張子でつくったりもする」

桐も張子もどちらも軽い。

「鉄や銅ではつくりませんか？」

「鉄や銅？　面がそんなに重かったら、つけて動くのに大変だ。そんなに重いお面なんかあるわけはないだろうな」

すると下手人がしていた面は、なんだったのか？

「鬼の面というのは、いろいろあるのでしょうか？」

と、喬太はさらに訊いた。

「それはもう数えきれないほどだなあ」

「ツノがない鬼の面なんてあるんでしょうか？」

「ああ。ツノがなかったかい。たとえば、これだが……」

と、面師は後ろからひとつの面を取った。よく見かける鬼の面である。

「鬼に見えるかい？」

「はい」

「まあ、鬼と言ってもいいんだが、これは、能で使う般若《はんにゃ》だ。般若というのは女の怨《おん》霊《りょう》で、これはツノがあるよな」

「ありますね」

「だが、田舎の祭りでよく使われる鬼面には、男鬼と女鬼がいて、女鬼のほうはツノがなかったりする。ほかに獅子口《ししぐち》という、猿楽で使われた鬼に似た面もある。これもツノはないな」

「そうですか？」

「それと、冷たそうな顔か、それとも怒りをむき出しにしたような顔か？」

「ああ。それを言えば、怒りをむき出した顔だと思います」

と、喬太は誠吉が描いた絵を思い出しながら答えた。

「そうだな。口で言ってもわからねえから、いくつか持っていってみたらいいじゃねえか」

「いいんですか？」

「ああ。殺しの調べじゃ協力してやらねえとな。どうせ、持ち歩きするくらいじゃ傷はつかねえ。見てもらって、似たような顔があったら、またそこから探っていけばいいいだろ」

壁にかけたものや、箱に入れたものの中から五つほど、表情の違う面を取り出し、風呂敷に包んでくれた。

「ありがとうございます」

親切な面師だった。

これを持って高松屋に行き、誠吉に見てもらった。お通夜の準備が整っていて、誠吉は二階でぼんやりしているようだったが、鬼の面を並べると顔を輝かせた。

「へえ。鬼の面一つ取っても、いろいろあるんですね」

「ほんとだね。おいらも驚いたよ」

誠吉は一つずつ取り上げ、じっと見た。

「違いますね」

「どれも？」

「どれも違います」

「やっぱりそうかい」

がっかりした。親切な面師にも申し訳ない気になった。

「まったく違うんです」

「顔がかい？」

「顔は近いのもありますが、なんて言うのか、材質の感じが違うんです。もっと重そうだったんですよ」

　と、誠吉もすまなそうに言った。

「ううん。それだと、面ではないらしいんだよ。面が重いというのはありえないらしい。そりゃそうだよ。そんなもの顔につけたら、首がすぐに疲れっちまうもの」

「そりゃあそうですね」

　誠吉も認め、

「では、あれは何だったのでしょう？」

　と、途方に暮れた顔をした。

　この夜——。
　元吉原の面師にお面を返し、万二郎の家でしばらく打ち合わせをしてから自分の家に帰る途中だった。

遅くなって腹も減っていた。万二郎からは飯を食っていけと言われたが、最近、母親の飯を食っていない。ゆうべもそのことで愚痴を言われた。「喬太は外の味のほうが好きなのかね」と。それが胸に引っかかっている。だから、今日は腹が減っていたが、我慢して家で食うことにした。

万二郎のところから喬太の長屋までは堀沿いの道をまっすぐ大川のほうに行くだけである。せいぜい四町ほどしかない。堀沿いにはこのところぽつぽつと蔵が並びはじめている。

鎧ノ渡しと呼ばれる渡し場を過ぎてすぐ、柳の木の陰から男が現れた。

酔っているらしく、ふらふらと道の真ん中に出てくる。避《よ》けようとすると、急にすばやい足取りになって身体をぶつけてきた。上背もかなりあり、がっしりした男である。顔は暗くてよくわからない。

「なんだ、この野郎？」

と、男が怒鳴った。

ぶつかったのはそっちだろうと思いながら、

「ごめんなさい」

と、いちおう詫びた。喬太はほとんどカッとなったりしない。

「あ、この野郎。おれの酒をこぼしやがった」

とっくりを持っていて、それを放った。木に当たって、からんと割れた。安っぽいとっくりである。

「…………」

「金、出せ」

いちゃもんをつけてきた。

「そんな無茶な」

「てめえ、どこの者だ？」

「どこのって、奉行所の手伝いをしている者だぞ」

と、胸を張った。驚いて逃げるかもしれない。

「嘘つけ。てめえみてえなもやし野郎が」

と、逆にいきなり殴《なぐ》られた。こぶしが頬に当たった。頭がくらっとする。

「なにするんだ」

「てめえみてえなボケなすが、お上の御用だって。笑わせるんじゃねえ。そんな腰抜け野郎が」

また殴られた。今度は口のところに入った。さっきよりさらに痛い。

嘘つけと言ったくせに、嘘ではないと知っているのだ。

二発も殴られてようやく戦う気になった。だいいち殴られっぱなしだと、向こうも調子に乗ってしまう。

「くそっ」

頭から突っ込んだ。

だが、上から羽交い絞めにされ、持ち上げられて、放り投げられた。回転しながら地面を転がった。蹴られるかと腕で顔を覆ったが、それは来なかった。強い。とても腕力では歯が立ちそうにない。

「また、痛い目を味わわせてやるからな」

男はそう言い捨てると、闇の中に走りこんで行った。

こぶしに手ぬぐいを巻いていた。自分のこぶしを痛めないようにである。

ということは、最初からおいらを殴るつもりだったのだ。

おいらが誰だか知っていたのか。とすれば、待ち伏せていたのだ。

――誰かの恨みを買っている……？

丑松の顔が浮かんだ。こんな嫌がらせをするやつなのか。また、殴ってやると脅して行った。なんてしつこいやつなのだ。喬太はうんざりした。

落ち込んだ気分のまま、家に帰った。

「喬太。どうしたの？」

「なんでもないよ」

「だって、あんた、その口……」

母親がすぐに怪我を見つけた。

手を当ててると、唇の端が切れていた。

「たいしたことないって」

「殴られたんだろ。誰に？」

「喧嘩の仲裁をしただけだよ。それより飯を食わせてくれ」

てっきり今日も外で食ってくると思っていたのか、慌てて飯のしたくをした。

「悪いね、こんなもんしかなくて」

菜っ葉のみそ汁にきゅうりの塩もみだけである。

「だったら、家で食えなんて言わなきゃいいんだ」

ふだんは絶対に言わないことまで言ってしまった。

「わかったよ、もう言わないよ」

「言ったっていいよ」

口の中も切れていて痛いが、我慢して飯を流し込む。

「ほんとに大丈夫かい？」

俯《うつむ》いたまま、母親が訊いた。顔を見ながらのほうがまだ重っ苦しくない。

「やめてくれ。おじさんの手伝いをしてれば、こんなことはしょっちゅうあることなんだから」

箸を放り出して言った。

すると母親が、ため息をつきながら、

「まったく。死んだあの人もおとなしそうなくせにときどき喧嘩みたいなことをしてきたけど、あんたまでそうなるとは……」

と、意外なことを言った。

「え、おやじが？　喧嘩みたいなこと？」

そんなところはまるで見えなかった。余計なことは言わず、穏やかな顔でおいらの手元を見つめていることが多かった。倅の不器用なところは、おやじがいちばんわかっていた気がする。

そのおやじの背中が一瞬、霧に包まれたような気がした。

四

――やっぱり身体を鍛えなくちゃ駄目だ。

と、喬太は思った。捕り物の仕事をつづけるにせよ、やめるにせよ、こんな弱虫じゃ生きていけない。せめて、身を守るくらいの力は必要だろう……。

思い出したのは和五助のことだった。番屋の番太郎に聞いたところでは、以前、盗みに入った二人組をぶちのめしたことがあるという。

あの歳でそんなことができるというのは、なにかすごい秘術のようなものを身につけているのかもしれない。それを伝授してくれないか。

そう思って、和五助のところに相談に行くことにした。

朝から陽射しが照りつけ、ひどい暑さになっている。

渡し船で深川に渡り、きらきら光る大川や小名木川を眺めながら、〈もと番屋の橋〉を渡った。和五助の家が開けっ放しになっているのが、橋のところからもわかった。風が通って涼しそうである。

「和五助さん。おられますか？」

出入り口の階段の下から声をかけた。階段の裏側では犬が二匹寝そべっていた。この犬たちは知らない相手でもあまり吠えたりしないのか、少なくとも喬太は一度もうるさく吠えられたことはない。

「おや、喬太さん。暑いところを」

と、和五助が姿を見せた。

「ご相談したいことがありまして」

「ちょうどよかった。さあさあ、お上がりなさい」

「はい。お邪魔します」

家の中に入れてもらった。

中は初めてである。

十畳ほどの部屋があるだけだが、畳が敷いてあるわけではない。隅にへっついや洗い場があるだけで、あとは何もない。

どっしりして、歩いてもみしみし音がしたりしない。喬太の長屋とは、どこか重みがまったく違う感じがする。入ったことなどあるわけはないのだが、なんとなくお城の中の一室という感じがした。

天井に小舟が吊るしてあるのが目についた。

「いま、打ったうどんを茹《ゆ》でるところでした」

「へえ。自分で打つんですか？」

「打ちますとも。うどんでもそばでも。このところ、そば切りが人気があるようですが、あたしはうどんのほうが好きでしてね」

「そばもですか？」

そばというのは前はそばがきといって、すいとんみたいにして食うのがふつうだった。それが細く切って食べるようになってからいちやく人気のある食べ物になり、いま江戸では雨後のタケノコのようにそば屋ができてきている。

「なあに、どっちもかんたんなものですって」

うどんが鍋の中で茹であがった。これをどんぶりに移し、汁をかけた。

「さあ、できましたよ。まだ、ありますから、足りなかったら言ってくださいよ」

母親もこんなものをつくってくれたことはない。飯くらいは炊くが、いつも同じようなものばかりである。

和五助はなんでもできると、番屋の男が言っていたが、うどんまでつくるとはたいしたものではないか。

「じゃあ、いただきます」

「ちょっと待ってください。これを少しだけかけて食うとうまいですよ」

小さな壺に不思議な色合いの粒々が入っている。鼻を近づけると、薬草のような、だが香ばしい匂いがする。

「七味唐がらしといって、あたしの友だちが売り出したものなんです」

言われるまま、少しかけ、うどんをすすった。

「どうです?」

「うまいです」

つるつると、いくらでも喉《のど》に入る。遠慮なくおかわりもした。

「そんなにうまそうに食ってもらえるなら、今度はもっと打っておきましょう」

「あっ、もしかしたら、和五助さんの夜の分まで？」

「あっはっは。そんなご心配はけっこうですよ。この前は、蒸し饅頭までもらったのですから。ところで、どうしました？」

「じつは、身体を鍛えなければと思いまして」

「それは何をするにも大事なことですよ」

「強くなりたいんです」

そう言って、膝をそろえた。弟子にしてもらうようなつもりである。

「はい」

「どうすれば？」

「得意な武器を持つことでしょうな」

「武器を……」

正直、がっかりした。

高松屋で殺されていた二人の姿が思い浮かんだ。武器を使うことにためらいの気持ちがわく。あんなことをするための修業だったらしたくない。

「武器は嫌みたいですね」

と、和五助は言った。

「武器はあまり使いたくないんです。身を守る以上のことを相手にしてしまいそうな気がします」

「気持ちがやさしいんですね」

「そんなんじゃないです。臆病者で弱虫だから、血を見るのが嫌いなだけだと思います」

そのことは以前、ずいぶん考えたことがある。

喬太は子どものころから、気持ちがやさしい子だと言われてきた。自分でもそう思っている。

だが、それは弱い人間だからなのだとわかったのだ。弱いから、やさしくし合うほうが自分にとっても居心地がいいのだ。

この世が暮らしやすく、食いものも充分にあふれているところだったら、人間も自然とおだやかでいられるのだろう。だが、あいにくこの世はそれほど甘いところではない。

強い人間であれば、戦って自分の食いぶちを確保する。でも、弱虫はそれができないから、互いに助け合うやさしさに充ちた関係をつくろうとする。

──要は弱虫で情けないってことか……。

そう思ったら、喬太はすっかり気がふさいでしまったものだった。

だが、和五助は首を横にふり、

「そりゃあ喬太さんの思うところが当たり前です。弱虫なのではないですよ。あたしなども、戦場に出たりすると、どこか狂ってしまう。そういう当たり前の気持ちを忘れてはいけませんよ」

「でも、いずれ十手を使うことになるかもしれません」

一人前になったら、根本さんが与えてくれるのだという。

「ああ、十手というのは守るにもいい武器なんですよ。戦国のころもけっこう使われていましたよ」

「守るのに……」

そこは喬太も気に入った。

「十手にしますか？」

と、和五助は訊いた。

「いや、まだ駄目です。持たせてもらえないんですから」

「では、そっちは持つようになってから稽古していくことにしましょうか。それより、喬太さんは手足が長い。それは大きな武器ですよ」

「そうでしょうか」

「まずは自分の身体を鍛えましょう」

「はい」

「鍛えるには走ることです。足が丈夫になり、息が切れなくなります。合戦に出るときは、走れなくなったら死ぬしかありませんでした。それくらい走ることは大事です。三年前の大火でも、走れない人がずいぶん死にました」

「走れない人が……」

おやじもそうだったのだろうかと、ちらりと思った。

「あたしはいまも、毎日、三里は走るようにしています」

「三里もですか……」

「やれますか？」

と、和五助は笑いながら訊いた。

喬太はすこしむっとして、

「やりますよ」

と、答えた。八十近い老人がやることがやれないのは、あまりに悔しい。

「そうそう、それと手ぬぐいは持ってますよね」

「もちろんです」

汗を拭くにも、顔を洗うにも、草鞋《わらじ》の緒が切れたときも、手ぬぐいは必ず必要である。

「これを水に漬けて、両端を持ってねじるのです」

和五助が汲み置きの水に漬けてくれた。

「こうですか」

ぐるぐるねじると縄のようになった。

「それを二つに折って、端のほうを持ってください」

「はい」

ねじりん棒にしたものを合わせると、逆からからみつくように、さらにねじれた。

「それで叩けば、へたな棒で叩くよりも敵に痛みを与えることができます。顔を叩けば、目がくらんで動けなくなるくらいです」

「こんなものがですか」

自分で腕を叩いてみた。

「あっ、痛たたた」

ほんとに痛い。しびれるほどである。

「水がないときは、手ぬぐいの真ん中に砂や土を包んで縛ってください。それでも振り回すと武器になりますよ」

「へえ。手ぬぐいがねえ」

と、喬太は感心した。手ぬぐいを武器にするなどということは、いままで考えてもみなかった。

「それと……」

和五助は喬太の身体を眺めながら考えていたが、

「手裏剣のようなものを使ってもいいかもしれませんね」

「手裏剣！　なんだか忍者みたいですね」

「そうですね。刃物ではなくとも、いったん目くらましのようにそれを使えば、次の攻撃がずいぶん有利になるんです。小石が落ちていたらそれを拾えばいいのですが、江戸ってところは小石ひとつなかなか落ちていません」

「そうですね」

と、喬太はうなずいた。

和五助は庭を眺め、

「ああ、いいのがありました」

と、家のわきにある木を指差した。和五助の家のまわりには、いろんな木が植わっているが、いま指差したそれは、あまり見たことがない木だった。小判のかたちをした葉っぱをつけた、大きな木である。

「なんですか」

「胡桃《くるみ》です」

「これが胡桃ですか」

「ええ。あたしは飢饉《ききん》に備えて、実の生《な》る木ばかりを植えているんです。ちょっと待ってくださいよ」

和五助はそういうと、部屋の隅に置いてあった棒を持ち、天井の一部を突《つっ》いた。すると、はめ板がずれ、縄の先が見えた。これを棒の先で引っぱり出すと、なんと縄梯《なわばし》子《ご》ではないか。

喬太が唖然《あぜん》として見守る中、和五助はその縄梯子を攀じ登り、天井裏に入るとすぐにもどってきた。

「二階があったんですか？」

「なあに、屋根裏部屋ですよ。床下にも部屋がありますよ」

「床下にもですか」

「妙な家でしょ」

と、和五助は笑った。

それでこの家のなんとなく変に思えた理由がわかった。この家は平屋建てではなく、三階建てになっていた。だから、高さがあるように見え、神社仏閣の建物のような気がしていたのだ。

「これが今年収穫した胡桃の実ですよ」

と、五、六個の実を手渡してくれた。

胡桃を触るのは初めてではないが、改めて摑むと、固い実である。

たしかに、これをいきなり顔などにぶつけると、敵はけっこうひるんだりするかもしれない。そこへばしっと手ぬぐいを叩きつける。

この二つがあったら、このあいだの夜のようなだらしないことにもならなかったかもしれない。

「しばらくは手ぬぐいと胡桃でやってみてはどうです？」

「わかりました」

と、喬太はうなずいた。手ぬぐいと胡桃とはなんだか頼りない気がするが、和五助が言うのだからまちがいはなさそうである。

「ところで、捕り物のほうはどうです？」

「ええ。また面倒な騒ぎがありましてね」

「ほう。もしかして、高松屋の殺しではないですか？」

「どうしてそれを？」

「そりゃあ神田から日本橋一帯でうわさになってますよ。その唐がらしを売っているあたしの友だちが教えてくれました。そうですか、喬太さんが調べに関わっていましたか。それで、下手人のめどはまだ立たないのですね」

「じつは……」

と、お面のことを話した。

「金物のように重そうな鬼の面？」

「そうなのです」

「ふうむ」

と、つぶやいて、和五助は面白そうに笑った。

「思い当たるものがあるのですか？」

「それは惣面《そうめん》ではないでしょうか」

と、指摘した。

「惣面？」

「はい。惣面というのは、戦国の武者が鎧兜をつけたとき、さらに顔を守るのに使った防具なのです。鬼のような怖い顔にしてありましたよ」

「何でできているんです？」

「鉄砲の弾を防ごうというものですからね。たいがい鉄でできてましたよ」

「ああ、それです」

と、喬太は手を打った。おそらく、まちがいない。惣面だったのだ。

「だが、いまどき、なぜ惣面など被《かぶ》って現れたのか。それが不思議ですね」

和五助は首をかしげた。

五

それから五日ほどして——。

喬太はこの朝も小網稲荷の掃除をしている。

昨日も夕飯を食ったあと、三里走った。足首が痛い。和五助と約束してから、ちゃんと毎日、三里走っている。

小網町を出ると、大川沿いにさかのぼり、両国橋のところで神田川沿いに進む。牛込御門のあたりで引き返すと、だいたい三里である。

用もないのに走っていると、自分でも馬鹿ではないかと思えてくるが、身体を鍛えるためなら仕方がないだろう。和五助を信じてつづけることにした。

足をひきずるようにしながら、境内の掃除をし、親分の家に入った。

朝飯を食べていた万二郎がこっちを見て言った。

「喬太。おめえが言ってた惣面が出たぜ」

「見つかったのですか」

「おう。荷船の船頭が今川橋の河岸のところに沈んでいたのを拾いあげたのさ」

万二郎はそばに置いていた惣面をこっちに見せた。

いっしょにいた丑松ものぞきこむ。

なるほど怒りの表情をした、鉄色の面である。持ってみるとかなり重い。誠吉はちゃんと見ていたのだ。

「今川橋は高松屋のすぐ近くだ。おそらく下手人が堀の中に捨てたか、落としたかしたんだろうな。ふつうのお面なら軽いから、そこらにひっかかっていたり、流されたりするが、こいつは底に沈んでいたんだ」

拾った者がしばらく手元に置いた末に、骨董屋に売ろうとしたという。

だが、万二郎は喬太の話を聞いて、神田近辺の骨董屋などを当たらせていた。

そのため、骨董屋が万二郎のところに報《しら》せてくれたのである。

「だが、これがどういう手がかりになるのかね」

と、万二郎は首をかしげた。

「親分」

と、喬太は言った。もう「叔父さん」とは言わない。

「なんでえ」

「その面を惣面ではないかと教えてくれた人に、確かめてもらってきてもいいですか？」

和五助のことは、まだくわしくは万二郎に伝えていない。とくに秘密にするつもりはないが、岡っ引きをあそこに連れて行ったりすれば、和五助は迷惑だろう。それに、全部、その人からの聞きかじりかと思われるのもすこし癪《しゃく》だった。

「ん。まあ、いいだろう。何かわかるかもしれねえしな」

さっそく深川に渡って、これを和五助に見せた。

和五助は朝飯のあと、馬の世話をしているところだったが、

「ほう。見つかりましたか。それはよかった」

と、惣面を手に取った。

「実際に使ってますね。これなどは、おそらく槍で突かれたあとです」

なるほど、頬のところに鋭くへこんだ傷があった。

さらに和五助は裏を見て、

「あっ、これは……」

なにか感慨深い顔をした。

「なんでしょう？」

と、喬太ものぞきこむ。

面の裏側、ちょうど額が当たるあたりに、小さな十字架が刻んであった。

「これって……」

ご禁制の耶蘇教《やそきょう》が大事にする模様ではなかったか。

「はい。これは、キリシタンの武将の持ち物だったのですよ」

「天草の乱ですか？」

「いや、おそらくちがいますね」

和五助は首を振った。天草の乱でも働いたけれど、あれは土一揆《つちいっき》のようないくさで、惣面をかぶって指揮するような武将はいなかった。

「とすると」

「大坂の陣でしょうな」

和五助の脳裏に、敵対した一人の武将の姿が浮かんでいた。

明石《あかし》全登《てるずみ》だった。


喬太が帰ったあと、和五助が玄米や菜っ葉や貝殻を砕いたものを混ぜてニワトリの餌《えさ》をつくっていると、

「よう、兄い」

「ああ」

貫作がやって来た。

三日に上げずやって来る。

今日は鳩の籠は持っていない。とくに知らせることもなかったので、貫作の鳩はまだ、こっちに三羽とも入っている。

「ときどき遊びに来る町方の手伝いをしてる若い者がいると言っただろ」

「ああ。兄いがなんだか気に入ったみたいな」

「まあな。その若者がな、明石全登の使っていた惣面を持ってきた」

「へえ。明石ジョアンか」

貫作も目を丸くした。

圧倒的に有利ないくさだった大坂の陣だが、それでも総大将徳川家康の心胆を寒からしめた武将が二人いた。

一人は真田幸村、もう一人がキリシタン武将で、すでに禁教となっていた耶蘇教を許すというのを条件に大坂城へ入った明石全登だった。ジョアンとは明石の洗礼名だった。

「思い出したら、鉄砲傷がうずく思いがした」

「ああ、あの人は強かったなあ」

「強かっただけでなく、鮮烈だった……」

和五助の鼻の奥で、なぜか赤い酒の匂いがした。異国の匂いだった。

明石全登は丸い顔で上背もあり、肩のがっしりした人だった。

キリシタンというのは、磔《はりつけ》にされた貧弱な身体の髭の男を、聖者と崇《あが》めたてまつっていた。なぜ、あれほど立派な体軀《たいく》をした、勇壮な偉丈夫が、あのような男を拝むのかと不思議な気がしたものだった。

明石は笑うとやさしみがにじみ出て、配下の者たちもあの人のことは心底慕っているふうだった。

見事な武将だった。軍団としても脅威だった。

最後の決戦で真田幸村と連携し、奇襲によって家康の本陣に迫ったのである。これは豊臣秀頼の出馬がならなかったため、好機を逸し、失敗に終わった。それでも明石軍が十字の旗を押し立て、火の玉のようになって突進したとき、こちらの陣は完全に崩れてしまった。たまたまその陣にいた和五助は、崩れた陣に巻き込まれてしまって、二進《にっち》も三進《さっち》もいかなくなってしまったものである。

明石軍は、戦うというよりもいっせいに天国への門を押し開けようというように迫ってきた。脅威ではあったが、どこかに胸をきゅんとさせる切なさのようなものを感じさせた。彼らはなにか歌をうたいながら戦っていたような気もする。

あの奇襲が成功していれば――その可能性はおおいにあったのだが――徳川の天下はひっくり返っていたかもしれないのだ。

「貫作は鉄砲傷はなかったかな？」

「おれは鉄砲傷はないね」

「あれはひでえもんだ。しかも、おれのは徳川方の弾だったんだから」

和五助は尻《しり》をまくった。左の尻の頬にえぐれたような傷がある。

「ほら、これだ」

「こすったみたいだ」

「こすったのさ。だから助かった。鉛の弾はまともに当たれば肉の中で弾《はじ》けちゃって、ひでえことになる」

「ジョアンの合戦のときかい？」

「ああ、そうさ。明石全登の奇襲でこっちの鉄砲隊は慌てふためきやがってよ。味方だと言ってもばんばん撃ってきやがった。まったく馬鹿な兵士といっしょに戦うと危なくてしゃあねえ」

「まったくだよ」

ともあれ、明石全登はあの戦いのあと、行方知れずになった。遺体はついに見つからなかった。

その後、さまざまなうわさが流れた。薩摩《さつま》に流れた、いや、南蛮に逃れたなどと。

キリシタンは自害はしないと聞いていた。

——やはり生き残っておられたのだろうか。

けっしていい思い出ではないはずなのに、あのときのいくさと明石軍の戦いぶりを思い出して、和五助は不思議な感慨に包まれていた。

六

「浪人はずいぶん少なくなったが、まだ大勢いますぜ」

と、本銀町《ほんしろがねちょう》の口入れ屋のあるじは言った。

「ほう、そうなのかい」

と、万二郎は言った。

「由比正雪《ゆいしょうせつ》の騒ぎのころほどではないですが、家光さまのときにずいぶんつぶれた藩がありましたからね」

「ああ、そうだったな」

うなずいて、万二郎はちらりと喬太のほうを見た。

喬太は万二郎の後ろにいて、話を訊き出すのに耳を傾けている。

同心の根本進八は戸口のところに背をあずけ、のんきそうにきせるをもてあそんでいた。きせるは吸い口のところが銀でできていて、回すたびに陽の光をはじいていた。

「でも、浪人もだいぶくたびれてきてるだろう」

と、万二郎が言った。

「そりゃあ、その代の人たちはくたびれてもきたし、亡くなった人も多いです。でも、その子や孫もいますから。侍なんてあきらめて、手に職をつけるなり、商いを始めるなりすればいいのに、駄目みたいですね」

「そうか、二代目や三代目がな」

と、万二郎は後ろの根本を見てうなずいた。

ここは荒っぽい仕事を請け負う口入れ屋である。大店の用心棒仕事が多いが、上方と江戸の往復に供をするというのも増えているらしい。

根本進八は、これに目をつけたのである。喬太はそのことを聞いたとき、さすがだと思った。そんな方向から下手人を探そうなどとは思いもしなかった。

「だろうな。それで、あんたのところに来ていた浪人者で、近ごろ、ふっと来なくなったやつはいないか、訊きてえのさ」

と、万二郎は言った。

「まあ、そういう人も何人かは」

「主従とおぼしき三人組なんだ」

「ああ、いらっしゃいましたな。西国訛りのお三方」

「帳簿はあるんだな？」

「ええと、これです。このお三方です」

名は、四郎兵衛《しろべえ》、金左衛門《きんざえもん》、又三郎とあった。槍の質札の控えには「又三郎」の名が書かれていた。

「どこに住んでいるかはわかるか？」

「さあ、それはうかがっておりません」

「明石という名の男はいなかったかい？」

「ああ、そうです。この四郎兵衛とおっしゃる方は、あとの二人から明石さまと呼ばれていました」

「ずいぶんな年寄りかい？」

「いいえ。お若いですよ。まだ、二十歳を越してそう何年もは経っていないでしょう」

もしかしたら、明石全登の息子というより孫であるかもしれない。

「親分。そういえば、高松屋の蔵にあった南蛮胴の甲冑には、四郎兵衛という名が入っていたような気がします」

と、わきから喬太が言った。

「そうか。とすると、あれは明石全登の甲冑で、あの惣面といっしょに使ったのかもしれねえな」

「だが、なんで甲冑だけ質に入れて、惣面だけ手元に置いたのかね」

と、根本は言った。「顔を隠すだけなら、他の二人といっしょに覆面をするだけでよかったじゃねえか」

たしかにそうである。喬太もそう思った。

わざわざ重い惣面などつけて、かえって動きにくかったりもしただろう。もし、あれが捨てたのではなく、落としたのだったら、重い惣面だったからにちがいない。

だが、惣面が明石家にとって大事なものであったなら、質にも入れたくはなかっただろうし、いざというときは身につけたかったのかもしれない。

——あるいは、あの鉄砲の弾のあとが関係しているのではないか……。

と、喬太は思った。

鉄砲の弾から身を守ったとしたら、魔除けの宝になっていたかもしれない。

だが、その宝も明石は紛失してしまった。

それから喬太に一つの考えが閃いた。

「根本さま。親分。もしかしたら、金が入った明石四郎兵衛は、あの甲冑を引き取りに来るかもしれませんね」


明石正登《まさずみ》は今川橋の上から堀を眺めていた。

あの夜、落とした惣面を探しているのだ。

落としたとき、すぐに気づいたが、とにかくここから逃げるので急《せ》いていた。留めていた小舟に千両箱四つを載せ、船で大川に出てから箱崎の新しい住まいに運び込んだ。翌日は来れなかったが、その次の日からは毎日、探しに来た。

堀の水は、今日は澄みきっている。だが、いくら見ても見つからない。

——祖父以来のお守りだったのに……。

祖父明石全登があの惣面をつけて、大坂のいくさに駆けつけたのは、慶長二十年のことだったという。いまから四十五年も前のことなのだ。

祖父は敗れ、船で九州の平戸へ逃れた。病死したのはその数年後だった。もちろん、正登の生まれるずっと前のことである。

いったん父は備前にいき、そこで正登が生まれた。

やがて、江戸に出てきたのだが、十年ほど前、由比正雪が乱を試みた。父もこれに呼応しようとしたが、正雪一派はあえなく全滅してしまった。

落胆もあって、父はまもなくやまいで亡くなった。そのとき十二歳だった正登は、家来の助けでどうにかここまで生きてこれたのである。

だが、軍資金はすでに底をついた。合戦のときになくてはならない鎧兜や槍までも質に入れる体たらくだった。

「なんとしても乱を」

「そのためには手段も問いますまい」

家来たちはそう言った。

家来二人も祖父の代からの家来の血筋である。

三人ともキリシタンのつもりだが、しかし、キリシタンの教えがどういうものなのか、わからなくなってきていた。いまは釈迦《しゃか》を拝むように手を合わせて拝み、ただ最後に「デウスさま」と付け加えるだけだった。

だが、人がおのれの無力を悟り、さまざまなことが人知の及ぶものではないと気づいて、この世のものではないなにかに祈るとき、釈迦もデウスも変わりはないような気にもなってきていた。

高松屋を襲い、あるじと手代の二人を殺すことは、最初から決めていた。

人を殺す気力もない男が、戦さを起こすという大望を叶《かな》えられるはずがなかった。それに慣れておく必要があった。

だが、じっさいに人を殺してみると、頭の中で思ったよりもひどく嫌な感触が手に残った。

——なにか、まちがったことをしでかしたのではないか。

そんな思いがあるのも事実だった。

高松屋から奪った四千両が手元にある。

これでどれほどのことができるのだろう。何人の武士を雇い、どれくらいの装備で旗揚げできるのか。四千両ではたいしたことはできないかもしれない。

ならば、まだまだああした押し込みをしなければならないのか。それを考えると、うんざりした気分になった。

しかも、当家を危難から守ってきたといわれる大事な惣面を落としてしまった。父などはあの惣面を家宝とまで言っていたほどだった。

――せめて、甲冑のほうは取り戻しておけぬものか……。

と、正登は思った。


高松屋は昨日から開けた。

無理に呼んだ藤七を帳場に座らせ、小僧として丑松と喬太が店に出ていた。帳場の裏には万二郎が隠れ、八十吉をつれた根本進八がときおり前を通った。

明石四郎兵衛がもう一人の男をつれて店に現れたのは、昼過ぎのことだった。

「甲冑を預けておいたのだがな」

と、質札を出した。「四郎兵衛さま」とあった。

想像していたよりずいぶん細く、喬太はなんとなく自分と似ているように思った。

もう一人の男はそう若くなく、四十代と思われた。

「ちょっとお待ちを」

喬太はそう言って、ゆっくりと帳場の裏手に入った。緊張を悟られないよう気をつけたが、それでも足が震えた。

「親分。来ました」

「来たか。よし。手筈《てはず》どおりにな」

と、万二郎は立ち上がった。この店で借りていた絽《ろ》の羽織の裏に十手を隠した。

「いらっしゃいませ」

笑みを浮かべながら、万二郎は帳場に出た。それでようやく帳場に座っていた藤七が、押し込みの下手人が現れたことを悟り、思い切り顔を強《こわ》ばらせた。

喬太はその後ろから、刀の鞘だけを持ち、少し離れたところに座った。この鞘を持つことでは昨日、万二郎とやりとりがあったのだった。

「喬太。そのときはおめえもなにか持て」

と、万二郎は、質草に入ったばかりの刀を指差した。

「刀なんて無理ですよ」

「じゃあ、鞘だけ持て。棒のつもりで使え」

こうして、いま、喬太は左手に鞘を持ち、右手で胡桃を摑んでいた。胡桃はすでに手のひらにかいた汗でびっしょりになっているはずだった。

丑松はさりげなく、四郎兵衛ともう一人の背後に立ち、後ろに手をまわしていた。

そこには帯にはさんだ十手があるのだ。丑松は昨日、親分から十手を借りていた。喬太だったらとても収まりそうもないが、腹回りの太い丑松は、外見《そとみ》にはわからないよう十手をはさむことができた。

「四郎兵衛さまですな」

「うむ。早く甲冑を出してくれ」

「明石四郎兵衛さまですよね」

と、万二郎が言った。

明石の名が出た途端、わきにいた男がいきなり刀を引き抜いた。

「神妙にしろ」

万二郎が怒鳴ったが、男は刀を振りかぶった。

「うわあ」

と、喬太は恐怖のあまり声を上げながら、それでも咄嗟に胡桃を男の顔に投げつけた。

胡桃が額に当たった拍子に、男は刀を振り下ろした。見当が狂い、切っ先は空を切った。

丑松がすぐに後ろから、十手で男の首のあたりを打った。

びくん。

と、男の身体が揺れ、大きく顔をしかめた。

喬太がやみくもに鞘を上下に振りながら前に出た。

男は刀を横に払った。刃が鞘に食い込み、動きが止まった。

「てめぇ」

と、万二郎が踏み込み、十手で男の顔を殴った。

男は横に倒れた。

さらに立とうとする男に、

「よい。又三郎。抵抗いたすな。もはやこれまでということだ。これがデウスさまのお導きだ」

と、明石が言った。静かで悲しげな声だった。

丑松が後ろから明石に取り付いて、羽交い絞めにした。それでも、明石はなにも抵抗はしなかった。

ちょうど根本が立ち寄ったところで、喬太の横をすり抜け、家来のほうの刀をすばやく取り上げた。

誠吉が中から出てきたのは、二人に縄をかけ終えたときだった。

「この人がちゃんを殺したんだな。よくも、ちゃんを、ちゃんを……」

身体つきで見当がついたのか、明石のほうの胸のあたりに、何度もこぶしを打ちつける。

ひよわで穏やかそうな誠吉が、意外なほどの激情を示していた。

それに反して明石は、なぜ自分がそのように憎しみのこもった目で見られなければならないのか、解《げ》せないでいるような顔に見えた。もしかしたら、二人を殺したことまでデウスの導きだとでも思っているのかもしれなかった。

喬太は誠吉と並んで、神田堀の淵《ふち》に立っていた。さほど幅はないが、小舟の往来はひっきりなしである。

誠吉は落ち着きを取り戻していた。

「これからどうするんだい？」

と、喬太は訊いた。残酷かと思ったが訊かずにいられなかった。

「おとっつぁんの弟が、金六町で質屋をしてるんです。質屋は目利きじゃなければなれないんだそうです。それで、おいらにはぴったりなんだそうで、この質屋をつづけることにしました。おいらが十八になるまでは、叔父さんが手代を貸してくれて助けてくれることになりました」

「それはよかった」

喬太はほっとした。他人事《ひとごと》ではなく気になっていた。

「喬太さんも困ったら、質に入れてください」

「おう、そうだね。そのときは誠吉の世話になろうかな」

「冗談ですよ。質屋の世話になんかならないよう、しっかりしなくちゃ駄目ですよ」

「まいったな」

喬太は苦笑した。十歳の子どもに説教されてしまった。

堀を流れるように吹いてくる風が涼しくて、喬太はもう少しここで風に吹かれていたかった。

第三話　小さな槍

一

和五助は船の中にいた。

というより船底に押し込められていた。

狭いところに蚕《かいこ》のように積み重ねられ、横になって寝ることすらかなわなかった。それどころか、ときおりは立ったまま寝なければならなかった。立ったままだと、見る夢も変に縦に長い、果てしない夢のような気がした。

ずっと揺れつづけているし、波の音もした。だから、自分たちが海を行く船の中にいることはわかっていた。

しかし、海原を進む船の爽快さなどかけらもなかった。悪意にもてあそばれているような気がした。

うんざりする日々がつづいた。

昼夜も、何日経ったのかもわからなくなった。

季節は秋のはずだった。中秋から晩秋にかかるころのはずだった。だが、その季節の快適さもなかった。

ときにはこの船が座礁し、粉々に砕け、海に放り出されたほうがどれほど楽だろう、さぞや清々するだろうとさえ思われた。

長くつづいた陸戦はひどいものだった。むなしくなるほど寒かったり暑かったり、狂いたくなるほど空腹だった。

だが、帰りの船はもっとひどかった。

――あれは地獄だった……。

胸が悪くなるほどの匂いが蘇《よみがえ》った。和五助は、蘇るたびに吐きたくなる。

いくさはいつもひどい匂いがつきまとうが、あれくらいひどいのも滅多になかった。

匂いの元は人だった。息の匂い、膿《うみ》の匂い、汚物の匂い。人の正体がこれかと思うとおぞましかった。

そして最後に死の匂い。

匂いは慣れるもので、やがて何も感じなくなる。しかし、どれほど鈍磨しても死の匂いだけは、鼻だけでなく、目からも耳からもそして肌からも入りこんでくるようだった。

そうやって次々と死んでいった。死ねば、海に葬った。

和五助がいた近くでも一人死んだ。ところが、死んだ男のおやじがどうしても海に捨てるのは嫌だ、と言い張った。

一人息子だ、とおやじは言った。無理やり連れて来られたんだ。代々の百姓でいままで戦ったことなどなかったんだ。息子は喧嘩だってしたことがなかったんだ。それを死んだからといって海に捨てられるか。あいつが耕した畑が見える丘に葬ってやるんだと。

太閤がなんだ、とも言った。おらあ、見たことがある。小男だった。猿のようなツラしたちび助だ。いよぉっと手をあげ、ぺらぺらと調子のいいことを言った。村に来れば、あんなのはただのほら吹きだ。みんな、なんであんなやつの言うことを聞くんだ。おらあ、怖くもなんともねえと。

どうしても捨てるというなら刺し違える、とおやじは喚いた。やるならやってみろ。

おらあ、もう怖いものはなにもねえんだ。

もう誰も戦う気力なぞなくしていたから、ひどい匂いがするまま放置することにしたのだった。じゃあ、せめて袋に入れろと。

だが、袋に入れようがどうしようが、匂いはますますひどくなった。

坊主が来た。

ほんとに坊主かはわからなかった。眉毛が垂れ、枯れ木のように痩せて、人の話を聞きながら、何度も小さくうなずくのが癖のようだった。

海に葬っても、魂はとどくのだ、と坊主は言った。

「魂は、とどくのだ」

嘘を言うな。屁理屈《へりくつ》を言うな。おめえらはそればっかりだ、とおやじは言った。

嘘ではない。魂は無限に駆けめぐるのだ。

「魂は、駆けめぐるのだ」

じゃあ、おらの畑の上のあの丘にも来るのか、とおやじは訊いた。すこし希望が見えた口ぶりだった。

来る、と坊主は言った。詐欺師のようにはっきり言った。

そうだな。そうだといいな。

と言って、おやじは袋をかついで出て行った。

だが、おやじもそれきり元いたところにはもどって来なかった。

どうなったのか和五助は知らなかったが、魂が二つ、飛んだ気はした。

死人がいなくなっても死の匂いはまだ残っていた。

人がいなくなると、その分、隙間ができたのを喜んだ。

途中からは、横になって寝る余裕も出てきた。それどころか、気兼ねせずに上の甲板に行くことだってできるようになった。

すると、今度は甲板に出たい気持ちがなくなっていた。

どうせ、動く水があるだけだった。どこもかしこも、見渡す限り、動く水があるだけだった。きつい潮の匂いが混じる分、川の水より気色の悪いものに思えた。

だから、和五助はずっと横になっていた。

十五歳だった。思い出したいことなど何ひとつない、どうしても思い出してしまうことばかりの、十五の年だった。

それでもあんな匂いが充満する船の中で、何人か不思議な人たちがいた。

捕虜であった。戦ってきた地からつれられてきた人たちだった。兵士ではなかった。荒くれ者はいなかった。悲しい眼をしていた。絶望の果てに人はこういう眼差《まなざ》しになるのかと思った。彼らはときおり小さな声で歌をうたった。意味はわからなかった。だが、不思議な調子があった。甘くて切なかった。いまもときおり、その歌が耳の奥で蘇りそうになるときがある。せせらぎのような歌。あまりにひどい思い出だと、逆になにか聖なるものを感じたりするときがある。あれもそのひとつだったのだろうか。

彼らにやさしくする者は誰もいなかった。

だが、歌だけは誰も咎《とが》めなかった――。

二

「さ、おこんさん、入ってよ」

「うん。じゃあ、お邪魔します」

喬太が親分の家の玄関口でわらじの緒を替えていると、万二郎の女房のおかよが、友だちのおこんとともにもどって来た。

おこんは、喬太も知っている。話したことはないのだが、江戸橋から堀留の河岸界隈でこのおこんを知らない人はまずいないだろう。

伊勢町にある大きな紙問屋〈品川屋〉のおかみである。

だが、おかみということで知られているのではない。すれ違えば、誰でも振り向くくらい目立つ人なのである。

まず絶世の美女である。

目に透明で強い光があり、細い鼻梁《びりよう》はすっきりとしている。口はすこし大きすぎるきらいはあるが、そこに何かまっすぐな心根のようなものを漂わせている。

加えて、ぶったまげるくらい背が高い。

女なのに六尺の上ほどある。六尺と二寸ほどだろうというが、誰にも測らせないし、届かないから誰にも測りようがない。

喬太も背が高いのに、それが見上げるくらいなのである。

そのおこんだが——。

いつもは巨大なご神木のように堂々と歩くが、今日はいつになく屈託ありげな顔をしている。目が腫《は》れぼったいし、猫背になっている。着物はなんだかいつもよりずいぶん地味である。

「お前さん。ちっといいかい」

　と、おかよが玄関口から万二郎に言った。

　万二郎は向こう側の小さな庭に出て、盆栽をいじっていたところだったが、声をかけられ家に上がってきた。

「なんだよ」

「調べてもらいたいことがあるんだよ」

「なにを？」

「今日の昼前に、おこんさんのお父さんが亡くなったんだけどね」

　おかよの言葉で、喬太はようやくおこんの着物が喪服だったことに気づいた。

「そいつはどうも、急なことだったね」

　と、万二郎は静かな声で悔やみをのべた。

「医者も近所の人も急なやまいだろう、心ノ臓の発作でもきたんだろうというんだけど、おこんさんはどうにも腑《ふ》に落ちないんだって」

「そうなんですよ、親分」

おこんは暗い顔でうなずいた。

「ま、座んねえな」

万二郎は五尺一寸ほどだから、おこんと立って話すと首が疲れる。

「はい」

おこんもしょっちゅう来ている家だから、遠慮せずに上がった。畳と梁《はり》がみしみしと音を立てた。

喬太は玄関口に座ったまま、おこんの言葉に耳を傾けた。

「父上は、お歳はいくつだったんだい？」

と、万二郎は訊いた。

「六十二でした」

「たしかお武家さまだったよな？」

前におかよから聞いていたのだろう。

「ええ。でも、武家って言っても、もうずっと浪人でしたから。ただ、武家だからかどうかわかりませんが、ずっと身体は鍛えていたんです。お酒だって、たまに少しだけ飲むくらいでした。しかも、元気でした。たしかに、元気な年寄りでもぽっくりいったりするとは聞いています。でも、うちの父はどこも痛いとか苦しいとか、そんなことはまったくなかったんです。三日前に行ったときも、木刀の素振りをして、元気でした」

「なるほどね」

「しかも、そのとき、気になることを言ってたんです。誰かわしの命を狙っているかもしれぬのさって」

「そいつは……」

万二郎の顔が険しくなった。喬太も思わずおこんのほうを見たので、万二郎と目が合ってしまった。

「真面目な顔で言ったので、誰に狙われてるんですかって訊いたんです。すると、いやいって答えを濁しました。だから、どうしても気になって。親分に見てもらえたら、あたしも納得するんですが、もしこのまま荼毘《だび》にふしたりすると、あとあと夢見が悪そうです」

そう言って、おこんは目頭を押さえた。

「わかった。ちっと遺体を見せてもらおう」

万二郎は立ち上がり、喬太についてくるように言った。八十吉と丑松は、おかみさんがやっている下駄屋のほうに行っていた。

おこんがちょっとだけ店に寄ってから行くというので、一足先に行っていることになった。

おこんの父は、橘町《たちばなちょう》に一人住まいだったという。

小網町から橘町までは、元吉原を抜けて浜町堀沿いにすぐである。

大火後に植えられたはずの柳が、喬太の背丈よりも高くなって、川風に葉をなびかせている。

「おめえ、最近、飯の食いっぷりがいいって、おかよが喜んでたぜ」

と、歩きながら万二郎が言った。

「そうですか」

「前は茶碗一杯を嫌々食っているみたいだったのに、近ごろは三杯もおかわりするって」

「あ、食いすぎですか」

まさか、すこし遠慮しろと遠回しに言われたのか。万二郎親分のところも三人も下っ引きがいるうえに、子ども二人になり、食い扶持だけでも大変なはずである。

「馬鹿野郎。飯ぐれえなんぼでも食え。身体を鍛えてるんだってな」

「いや、走ってるだけです」

毎日、走っている。夏中走りっぱなしだった気がする。

はじめは息が切れて、両国橋のあたりで一息ついた。それがいつの間にか、休むこともなく三里走ることができるようになった。もうひと月ほど経つのだ。

そういえばだいぶ涼しくなってきていた。

ゆうべは夜中に寝巻をかき合わせた覚えがある。

「それでもいいこった。足のあたりの肉がみっしりしてきたもの」

「そうですか」

自分ではわからないが、ある程度、効果はあげているのだろう。だが、喧嘩はきっと強くなっていないと思う。なんかこう、闘争心みたいなものが養われている気はまったくしない。

すると、逃げ足だけは速いことになる。

それもどうかと思ってしまう。

「そこかな」

万二郎が立ち止まって、指差した。天狗屋という煙草屋が目印と言っていたが、その店のわきに路地があった。

煙草のいい匂いがした。

喬太は煙草を吸わない。というより、煙管《きせる》や葉っぱを買う金がない。だが、いずれは吸うようになりたいと思っている。

煙草を格好よく吸っている人は、見ていて気持ちがいい。父の源太もそうだった気がする。

橘町は浜町堀の東側になる。

ちょっと奥に入った裏長屋である。

おこんはこのあたりは長いらしく、大火で焼け出される前も橘町にいて、嫁に行くまでほかの土地を知らないくらいだったそうだ。

路地を入ると、煙草の匂いに替わって線香の匂いが漂ってきた。

「ここだな」

忌中のすだれが下がっている。わきからのぞくと、すでに坊主が来ていて、お経をあげていた。

お布施をたんまり包んだのか、大きな声のお経である。

父の源太もいちおうお経は唱えてもらったのだが、ずいぶんおざなりな調子だったのを覚えている。

二間あって、遺体は奥の庭に面したほうに寝かされている。手前に何人か座っているのは、ここの長屋の連中らしい。

入り口でお経を聞いていると、すぐにおこんがやって来た。

「お父上のお名前はなんとおっしゃったかね？」

と、万二郎が訊いた。

「はい。渡辺弥太兵衛《わたなべやたべえ》といいました。九州の出身だと聞いていますが、あたしが生まれたときはもう浪人でしたし、江戸に来てましたから」

「じゃあ、拝見するぜ」

お経を中断してもらい、遺体を見せてもらった。

まだ棺《ひつぎ》には入れず、ふとんに寝かされている。ほんとうに眠っているように見える。死に顔を見るだけでは、おこんとはあまり似ていない。身体もそれほど大柄ではない。

帷子《かたびら》を着せられているので、帯をとき、背中までじっくりと見た。

喬太も後ろから覗《のぞ》き込んだ。

刀傷はむろん、殴られた痕《あと》も、締められた痕もない。目をそむけたくなるような遺体ではない。

「やっぱりこれはやまいでは……」

と、万二郎が言いかけたとき、

「親分。これは？」

喬太が遺体の右手の甲に不審なものを見つけた。

ぽつんと、赤くなっている。針で刺したような痕である。

「これはなんですかね？」

「どれどれ」

と、万二郎は顔を近づけたが、

「蚊にでも食われたんだろ」

と、苦笑した。

ここらは蚊が多い。風は涼しくなっても蚊はまだまだいなくならないだろう。昼でも食われることはめずらしくないはずである。

「あ、ここにも」

左手の甲にも同じような痕があった。よく見ると、脇の下と背骨の両脇と首にもあり、ほかにも痕なのかそれとも単なる肌荒れのようなものなのか判然としないものもいくつかあった。

「うん」

万二郎は生返事をした。

「本当に蚊ですかね」

「蚤かもしれねえ」

「掻いたような痕はありませんよ」

「ダニか」

「ダニもかゆいですから」

「なんにしたってその程度の傷じゃ人は殺せねえぜ」

万二郎にはまったくひっかかるような気持ちはないらしい。

だが、痕は対称的な場所にあったりする。虫がこんなふうに食うだろうか。

——なんだろう?

喬太は気になってたまらない。

万二郎はもういいとばかりに、帷子を着せなおして、遺体を元のかたちに寝かせた。

遺体もやれやれといった顔をしたように見えた。


遅れて万二郎の女房のおかよも弔問にやって来た。喪服に着替えている。子ども二人は八十吉か丑松に見させているのだろう。

「どうだったい、あんた?」

「ああ。とくに怪しいものはねえんだ。喬太がちっとおかしなものを見つけたが、それが死因とは思えねえ」

「そうかい。でも、おこんさんだって、そのほうが嬉しいはずだよ。父親が殺されただなんて思いたくないもの」

そう言って、おかよが手を合わせたとき、

「親分さん」

おこんが愕然《がくぜん》とした顔で、万二郎のところに来た。手がすこし震えているのが、わきにいた喬太にもわかった。

「どうしたい？」

「その鴨居《かもい》の裏のところを見てください」

万二郎が立ち上がって、裏をのぞいた。

「どこだい、何も見えねえよ」

「その鴨居の裏の溝のところ……あ、これをどうぞ」

と、おこんが隅にあった踏み台を寄越した。

「あ、字が……」

背の高いおこんでなければわからないところにあった。もちろん、おこんだけに気づくようにとやったことにちがいない。

おこん。わしはぶざんの者にやられるかもしれぬ。せとものの町のと、そこで途切れていた。

「筆ではないな」

「はい。たぶん消し炭じゃないですか」

と、喬太は言った。消し炭で白い石に字を書いたことがある。

ここのへっついにも消し炭が見えていた。

「お父上の字ですかい？」

と、万二郎がおこんに訊いた。

「はい。急いで書いたのか、乱れてはいますが、父の字にまちがいありません」

「そうか」

「やっぱり父は誰かに殺されたんですね」

と、おこんは柱にもたれるようにして泣いた。涙が幾筋か高いところから雨だれのように下に落ちた。

弔問客の何人かが、心配そうにこっちを見ている。

「おこんちゃん。しっかりして」

と、おかよが慰めた。

「ぶざんの者というのは？」

「知りません。聞いたこともありません」

「ぶざん……地名かな」

万二郎はぶつぶつと、何度もその言葉をつぶやいた。

読み違いではないかと、喬太も顔を近づけた。だが、どう見ても、「ぶざん」である。「武山」だろうか、それとも「豊山」だろうか。なにか固い調子の言葉である。

「あんた。どうやって殺されたんだろ？」

と、おかよが万二郎に訊いた。

「わからねえ。まさか、毒か？」

だが、毒を飲んだ形跡もない。最初に遺体を見つけた長屋のおかみさんに確かめると、吐いたあとなどもなかったという。

もう一度、遺体を見ることにした。

今度は万二郎もあの小さな傷を気をつけて見た。

「これは毒針かな？」

と、万二郎は喬太に言った。

「さあ」

と、喬太も首をかしげた。

毒針はこんなに何度も刺すものなのか。

「おこんさん。父上は剣術のほうはどうでした？」

と、万二郎が訊いた。

「はい。若いときから東軍流の遣《つか》い手《て》だったそうで、わたしが幼いころは材木町にあった道場で師範の一人として教えたりもしていたみたいです」

「そうでしたかい」

とすれば、かなりの剣客だったはずである。それほどの人が黙って毒針を何度も刺されるものなのか？

やはり、これは身体の内側から出てきた発疹のようなものかもしれない。

「喬太。根本さまに報せてきてくれ。今日は非番のはずだから、たぶん八丁堀の役宅におられるはずだ」

「非番なら、来ないのではないですか？」

と、喬太は小声で訊いた。

「根本さまから言われているのさ。大事なことが起きたときは、当番も非番もねえ。すぐに報せてくれってな」

「わかりました」

喬太は思い切り駆け出していた。

三

根本進八の家は、八丁堀の内側、亀島橋の近くにあった。家の前までは何度か来たことがある。

対岸は霊巌島で、向こう側は大火のころまではなにもない海辺のようなところだったのが、いまは町家が立ち並んでいる。

八丁堀一帯には奉行所の与力や同心たちの役宅が移りつつある。根本の家も松島町から数年前にこっちに来たということだった。

家の前でいったん立ち止まり、着物の乱れなどを直した。

垣根の向こうに庭が見えている。同心の家の庭はたいがい野菜畑になっているが、ここはきれいな花畑である。喬太は花の名はほとんどわからないが、赤や黄色などの花がいっぱいに咲き乱れていた。

「ごめんください」

喬太は声をかけた。緊張する。

「誰だい？　おや？」

ご新造さまが出てきた。大きな目をした変わった顔をしている。花柄の派手な着物を着ていた。他に同心のご新造は知らないが、皆、こんなに派手な格好なのだろうか。

このあいだ、目付の三波さまのお嬢さまだとは聞いていた。

「おいらは小網町の万二郎の手下をしている者です。根本さまは」

この前は、万二郎親分の背中に隠れていただけで、ろくろく挨拶もしていない。

「はい。いるわよ」

「お取次ぎをお願いしたいのですが」

口がうまく回らない。

「いくつ？」

と、訊かれた。まさか、自分の歳を訊かれたとは思わない。

「は？」

「歳よ。お前さんの」

「十七です」

「若ぁい」

と、妙な調子で言って、頭から足先まで喬太をゆっくりと見た。いきなりつまんで食べられそうな気がする。

「名前は？」

「喬太と言います」

「じゃあ、喬太ちゃんて呼ぶわね」

「…………」

嫌とは言えない。

それにしても同心のご新造さまというのは皆、こんなふうに気さくに話しかけて来るのだろうか。

「でも、あなたくらいの息子がいたっておかしくないのよね」

「…………」

もしかしたら、母のおきたと同じ歳くらいなのかもしれない。だが、こちらのご新造さまは潑溂《はつらつ》としている。華やいだ感じがあり、若々しい色気もある。これが身分の違いというやつなのだろうか。

「おーい、誰か来てるのか？」

奥で根本ののんびりした声がした。

喬太はほっとした。

「万二郎さんとこの喬太ちゃん」

と、ご新造が答えた。

「おう、喬太。どうした？」

くつろいでいたらしく、浴衣《ゆかた》をかき合わせながら根本が出てきた。

「はい。じつは……」

根本とともに、橘町の長屋にもどって来た。おおまかなところは、喬太から根本に伝えておいた。といっても、順序よくは伝えられないので、問われたことに答えるかたちになってしまった。頭の中で整理しておかないと、うまく説明できないものだとつくづく思った。

長屋の前には八十吉と丑松もいて、近所の連中に話を訊いているところだった。

おこんの亭主も弔問に来ていた。品川屋のあるじである。

あるじはひどく小柄である。だが、おかよが以前、うわさしていたところによると、おこんの背の高いところが大好きなのだという。

人というのはおかしなものだと思う。さっき会った根本さまのご新造も、なんとなく不思議な人だった。どういうめぐり合わせで、男と女は夫婦になるのだろう。

根本がおこんから話を聞いているあいだ、喬太は庭のほうにまわって、外から渡辺弥太兵衛の家を眺めた。

蠣殻《かきがら》で屋根を葺《ふ》いた長屋である。だから、白っぽいたたずまいになっている。

大火以来、江戸では瓦葺《かわらぶ》きの屋根が禁止になった。それを聞いたときは、瓦葺きのほうが火が移りにくいのになぜだろうと不思議だった。火事で逃げるとき、上から落ちてきて危険だからというのが理由だった。じっさい、それで怪我をした人も多かったらしい。

庭にはそう大きくもないが植木も適当にあって、さっぱりしている。小さな台があり、そこには松や楓《かえで》らしい盆栽がいくつか並んでいた。東に向いているので、陽はもう庭のほうしか照らしていない。

いい長屋である。

喬太の長屋などは狭いし、暗いし、臭い。ここは広く、こざっぱりしている。店賃《たなちん》も倍くらい違うのではないか。浪人のくせに……。

——ん？

妙ではないか。

浪人暮らしが長いのに、いい暮らしなのである。

もっとちゃんと確かめようと、不審がられないよう斜めからそっと部屋に近づいた。

畳も襖《ふすま》も障子もどれも新しい。畳などはこんな長屋にはふさわしくないような、きれいな縁がついている。掛け軸も名のある人のもののようだし、花こそ活けられていないが花瓶も見たことがないようなきれいな赤い色が入っていた。

「親分……」

家にもどって、いまの感想を万二郎に耳打ちした。

「ほんとだな」

万二郎も不思議がった。

万二郎から根本に伝えられた。

「おう、たしかにそうだ。あの花瓶なんざ柿右衛門《かきえもん》という焼き物かもしれねえぜ」

「柿なんですって？」

「酒井田《さかいだ》柿右衛門という肥前の陶工が焼いたものでさ。べらぼうに高くて、おいらみたいな同心ふぜいにはとても買えるもんじゃねえ。それをうちのやつが、金を借りてまで買いやがったのさ。まいったぜ……」

話が妙なほうに行った。

愚痴というやつだろう。

だが、さっきご新造と会ってきた喬太は、いまの愚痴はわかる気がした。

万二郎は二度三度うなずいてから顔の向きを変え、

「お父上は一人暮らしだったのですよね？」

と、おこんに訊いた。

「はい。母はだいぶ前に亡くなり、子どもはわたしだけでしたから、わたしが嫁に行ったあとは、ずっと一人でした」

「いい暮らしをしていたように見えるがね？」

「そうなんですよ。あたしが嫁に行くころはそうでもなかったのですが」

と、おこんは眉をひそめた。

「おこんさんのほうから、お父上を助けてあげなすったとか？」

おこんの嫁ぎ先である品川屋は、かなり裕福な紙問屋である。父の暮らしを援助していても不思議はない。

「いいえ、してないんです。うちの主人もけっして気前のいいほうではありませんし。でも、いつの間にか暮らし向きが楽になってきたみたいで、とくにこの五年ほどは、なんか高い買い物をしたりしてました」

「内職とかは？」

「ずっとやっていた傘張りの仕事もやめていたようなんです」

部屋の中を見回しても、内職の道具のようなものは見当たらない。

「それについて、訊いたことは？」

「あります。家宝が役に立ったのだと言ってました。でも、うちに家宝なんかあったのかどうか。あれば、わたしが嫁ぐときも、あれほど金策で苦労したりしなかったはずです」

やっぱりおかしい。

外に出たところで、

「喬太。おめえ、いいところに目をつけたな」

と、根本からも褒められた。

丑松がわきに来ていて、一瞬、憎悪《ぞうお》の目で喬太を見た。

四

長屋の連中から、渡辺弥太兵衛の暮らしぶりや、出入りしていた者についてさらに訊き込みをしなければならない。

ただ、仕事に出てしまったのがほとんどで、夜にならないともどらない。夕方、丑松と喬太がもう一度、出直すことになった。

根本と万二郎はこれから日本橋の大店のあるじと相談があるという。そっちはこの殺しとはまったく関係がなさそうである。

「じゃあ、おめえらはどこかでそばでも食って、ひまをつぶしときな」

根本がそう言って、丑松と喬太に二十銭ずつくれた。

同心も楽ではないと喬太は思った。もっとも、そういう銭は、裕福な町人たちが袖《そで》の下に入れてくれるらしい。これから会うというのも、その類のことかもしれない。

二人きりになるとすぐ、

「おめえといっしょに食うのも気が進まねえな」

と、丑松は言った。それはこっちも同じである。

結局、ばらばらにひまをつぶし、暮れ六つ前に長屋のところで会うことにした。

両国橋に近い横山町の本屋に寄った。嘘をつくような気持ちになりそうだが、もらった二十銭は使う気になれない。水でも飲んで我慢するつもりである。

喬太は本が好きだし、つねづねいろんな知識を得たいと思っている。悪事を解決するのにも知識はあればあるほど役に立つ。

和五助爺さんはいろんな知識を持っているが、あれは本で仕入れたこともあるのだろうか。

ただ、本は高い。喬太のふところではとても買えない。もらった二十銭で買える本もない。

それでも売られている本を眺め、書物の名や著者の名を頭に入れるだけでも、すこし賢くなった気になれる。

万二郎親分がもうすこし本が好きだったら、借りて読むこともできるのだろうが、なにせ家には一冊もない。それどころか、「岡っ引きは本なんざ読むと勘が鈍る」なんてことも言う。

――ん？

ふと、嫌なものを見た気がした。

自分の隣りにいた若い男が店先を離れ、足早に歩き去った。

――本を盗んだ。

さっきまで見ていた本をもどさなかったのだ。

店のあるじは別の客の応対をしていて気がつかない。

喬太はあとを追った。

「待ってください」

声をかけると、にわかに走り出した。

喬太もあとを追った。

通りを抜ければ両国広小路である。

明暦の大火のあとで、江戸のところどころに火除けの地として広小路がつくられた。両国橋の西詰につくられたのが両国広小路である。

もっともこうした広小路は人々の集うところとなり、やがては屋台の店やら芝居小屋などが立ち並び、とくに両国は江戸有数の盛り場になってしまう。

この時代はまだ、それほどの賑わいはない。

右に行けば両国橋を渡り、左に行けば浅草御門のところに出る。御門には番人も大勢いる。おそらくそっちには行かないだろう。

男はふいに右へ折れた。

「逃がすもんか」

相手も若いし、おそらくそれほど足は遅くないのだろうが、喬太は離されない。以前だったらとっくに息を切らしてへたりこんでいただろう。

かなり近づいたとき、男は本をどぶに投げ捨てた。一瞬、横を向いたが、右目の下に大きな黒子《ほくろ》があるのが見えた。

――あ、あの野郎。

そのまま追うか、一瞬、迷ったが、本のほうが気になった。

あわててどぶから拾い上げた。

汚れてしまった。

もう一度、追いかけようとしたが、角を曲がっていた。

喬太はそれをさっきの本屋に持ち帰った。

「さっき、本を盗んだ男を見かけたので追いかけたのだが、そいつがどぶに本を投げ捨てましたので」

と、泥のついた本を差し出した。

「その男は？」

「逃がしてしまいました」

「お前さんは？」

「奉行所で小者をしてるんです」

本当は万二郎の下っ引きだが、すこし見栄を張った。

本屋は汚れた本を嫌そうに眺め、

「これじゃあもう売り物にはならない。差し上げましょうか」

「いいんですかい？」

喬太は喜んでもらうことにした。『長崎文物往来』と題名が入っている。長崎への旅の見聞を書いた本らしい。このところ、東海道の旅の風物や心得などをつづった本がいくつか出ていて、その関連らしい。

「大事にさせてもらうよ」

喬太がそう言うと、本屋のあるじはそっぽを向いて、

「それより、今度は捕まえてくださいよ」

と、無表情に言った。


長屋の住人たちがもどって来るまで、あと一刻《いっとき》ほどありそうなので、ちょっとだけ和五助の家を訪ねることにした。

両国橋を橋代を払って渡り、大川沿いに小名木川のほうへ下った。

「ちょっと寄ってみただけですが、いいですか。和五助さん？」

外から声をかけると、和五助が笑いながら顔を出した。

「ああ、喬太さん。どうぞ、どうぞ。気にしないでください。あたしはいつだって暇

にしてますから」

そう言うわりには、和五助はいつも働いている気がする。畑をいじったり、何かをつくったり、生きものの世話をしていたりする。ぼんやりしているところなど見たことがない。

中に入れてもらった喬太に、

「今日はうどんはありませんが、さっき採ったばかりのきゅうりがありますので、味噌でもつけて食べてみてください」

と、ざるに載せたきゅうりと、小皿に盛った味噌を置いた。

それから和五助は、喬太がふところに突っ込んでおいた本に目を留めて、

「おや。本ですか。たいしたものですね」

「和五助さんは、本は読まないんですか？」

きゅうりを頬張りながら訊いた。瑞々《みずみず》しいうえに、味噌をつけるとたまらなくうまい。

「はい。読めない字がいっぱいあるもので。若いときにはいくさにばかり出ていて学問をする暇がありませんでした」

「そうでしょうね」

「しかも、歳を取って暇ができましたら、今度はさっぱり頭に入ってきません」

「そういうものだと思います」

「いいえ。あたしの仲間の貫作は、同じような暮らしをしてきましたが、いまではちゃんと読み書きはもちろんそろばんまで使いこなします。あたしが怠けものだっただけでしょうね」

「でも、和五助さんの知識は凄いですよ」

喬太が本気でそう言うと、

「いやあ」

と、和五助は照れた。

「でも、あたしのはみんな実際に体験したことか、耳学問ばかりですよ。これは、忘れにくいかわりに限界があります」

「限界？」

「はい。一人の人間が経験できることや、出会える人間の数なんてたかが知れてます。その点、書物は無限でしょう。やはり、喬太さんのように両方やるのが大事だ。ほんとにたいしたものです」

「いやあ」

と、今度は喬太が照れた。

「ときに喬太さん。近ごろはどんな悪事を追いかけているのですか?」

「ええ。ちょっと変わった遺体と関わってしまったんです」

「変わったというと?」

「じつは……」

と、喬太は渡辺弥太兵衛の身体についていた赤い点について語った。

「ほほう、どのあたりですか?」

「はい。手の甲と、首と、背中と」

「ちっと、あたしの身体でやってみてくれませんか?」

と、和五助は背中を見せた。

「はい。手の甲はこのあたりでした。それで首はここかな。それから脇の下と、背中はここと、ここと、ここに」

喬太は指の先で押すように場所を示した。

「ああ、まちがいありませんね。それは鍼《はり》ですよ」

と、和五助はこちらを向いて言った。

「毒針ですか」

「そうじゃありません。人の身体というのは、奇妙なものでしてね。方々にツボというのがあるんだそうです」

「ツボですか？」

「これはじっさいにやってみるとよくわかります。たとえば、ここを押しますよ」

和五助は喬太の腕を取り、肘《ひじ》の反対側の一点を親指で力をこめて押した。

「痛たたた」

思わず声が出るほどの痛みである。

「痛いでしょう。でも、逆に、押すと気持ちのいいところもあるのです。たとえば、ここはどうです？」

今度は、足の脛《すね》の横のあたりを押した。軽い痛みもあるが、疲れがほぐれるときの心地よさのほうが強い。

「ああ、いい気持ちですね」

「こういうところを指などではなく、針で突くと、効き目はもっと絶大になるんです。なんでも、それでいろんな病を治すことだってできるといいます」

「へえ」

　針で病気が治るなんて考えもしなかった。

「これが鍼というもので、朝鮮というより明《みん》の医術です。だが、朝鮮の役《えき》のときに、太閤の医者だった岡田なにがしとかいう人が、明の人から伝えられたんだそうです。あたしはそんな難しいものを学ぶことはできませんでしたが、あたしの仲間の何人かはずいぶんやったものでした。ただ、効くのは、内臓のやまいや疲労のほうで、怪我の治療にはなりませんがね」

「それならむしろ、元気になるものではないですか」

　と、喬太は不思議に思った。

「ところが、それがものは使いようというものでしてね、元気になるところもあれば、人間にとって急所になるところもあるのです。鍼を何本か打つだけで、気分がよくなって眠ってしまったり、身動きがとりにくくなったりもします。そうしておいて、急所にぶすりとやられたら？」

ある。

「死にますか？」

「あたしもくわしくは知りませんよ。でも、心ノ臓を突かれたとしたら？」

たぶん死んでしまうだろう。脇の下や背中の上のほうなら、心ノ臓にも届くはずである。

喬太は背筋が寒くなった。

「どうも、ぶざんの者というのがそれをしたらしいのです」

「ぶざん……もしかしたら？」

和五助は遠い目をした。

「ご存知ですか？」

「朝鮮に、ぷさんとか、ぶざんとか呼ばれる港がありました。難しい字であたしには書けませんが、『さん』は山という字でした。そういえば、『ぶ』は『釜』と書くと聞いたことがありましたね」

喬太はいつも持ち歩いている矢立を出し、反故紙《ほごがみ》を綴《と》じた帖面にそれを書いた。

「おや、その矢立は？」

和五助が目を丸くした。若いくせにいいものを使っていると驚いたのだろうか。

「これは父の形見なのです」

形見なんだから、大事に取っておけと、母のおきたは言う。だが、喬太は逆だと思う。大事に飾るよりはこれでさまざまなことを書いて、すこしでも役立てたほうが、おやじだって喜んでくれるのではないか。

喬太も気に入っている。長さは五寸ほど。筆を入れる筒に、小さな墨壺が付いている。これを帯に差し込んで歩くのだ。素材は銅と銀で、象嵌《ぞうがん》もある。それは、青や赤を組み合わせた不思議な色合いの目玉の模様だった。

「不思議な目玉ですね？」

「おやじが得意だったんです」

とくに気に入ったものに、この目玉模様を入れていたように覚えている。

「おやじさんの名前は？」

「源太といいました。細工師をしていたのですが、あの大火で……」

生きていると思うのは、やはり無理だろう。生きていたら、喬太の前に現れないはずがないのだから。

「そうですか。細工師の源太さんですか」

和五助は微妙な顔をした。

五

「すみません」

息を切らしながら走ってきて、頭を下げた。

丑松との約束に遅れてしまった。暮れ六つ前と言っていたのに、もう陽は沈んでしまった。和五助の話が面白いうえに、渡し船が満員で乗れなかったりした。

丑松は長屋の路地の入り口のところにある煙草屋の前で、こっちを睨んでいた。煙草屋はまだ店仕舞いしておらず、中の明かりが外にまで洩《も》れて、丑松の目を嫌な感じで光らせていた。

「調子に乗るなよ」

と、丑松は言った。

「え？」

「根本さまにちっと褒められたからって、調子に乗るなよ」

顔がひきつっていた。

「…………」

　すこしは丑松の気持ちもわかる気がした。あとから入ってきた者が同心から褒められた。もしも自分もそういうことになったら、ずいぶん悔しい思いをするにちがいない。

　だからといって、この前みたいなことをするのは許せない。

　いつかは言おうと思っていたことをつい言った。

「兄さん。だからって、つまらねえことはやめてくださいよ」

「なんだよ、つまらねえことって」

「誰かに頼んで、おいらを襲わせたでしょ。あんなことさせるのは、兄さん以外にいないじゃないですか」

　あの夜のことを思い出し、喬太としてはめずらしく語気が荒くなった。

「なんだと。おらあ、おめえをぶっとばしたくなったら、自分の手でやるぜ。いま、ぶっとばしたくなった」

　丑松のこぶしが喬太を襲った。逸《そ》らした頬をかすった。丑松の力は感じたが、まともには当たっていない。さらにもう一発来たが、これは後ろに下がってかわした。

「くそっ」

思うようにこぶしが当たらないので、ますますいきり立った。

股を狙って蹴りあげてきた。腰をよじったが尻を蹴られた。だが、そう痛くはない。

回りこんで羽交い絞めにしようとしたが、丑松は相撲の要領で押してきた。

丑松は喬太より三、四寸は背が低いが、貫目ではずいぶん上だろう。押されると重みがのしかかってくるが、喬太も踏ん張った。さらに押してくるところを、身体をひねりながら長い足をからめた。いっしょに倒れたが、喬太のほうが上になっている。

下から殴ろうとするので、両方の手首を持って押さえつけた。

「ほんとにちがうんですね」

馬乗りになりながら訊いた。丑松の腹はぶよぶよしている。自分の身体にはない、おかしな感触である。

「まだ言うのか、この野郎」

肩を揺する。丑松の息はかなり上がっているが、喬太はなんともない。

「わかりました。あやまります」

と言って、丑松の上から降りた。

「…………」

丑松は、これ以上はかかってこようとはしない。喬太が思ったより弱くないので、驚いている気配もある。

「疑ったりして申し訳ありませんでした」

と、もう一度、詫びた。

「うう」

と、声がした。いちおう詫びを受け入れてくれたらしい。

では、誰だったのか――。


薬研堀の貫作は陽が落ちてから和五助の家にやって来た。

「今日は店のほうが忙しかったもんでね」

と言って、包みを差し出した。

「なんでえ、今日は？」

「まあ、食ってみねえな」

包みを開けると、餅らしい。

「黄《き》な粉《こ》にからめてあるんだ。駿河の安倍川の岸で人気の安倍川餅だってさ」

「へえ」

と、和五助は一つつまんだ。

「こりゃあ、うめえ」

「うまいだろ。名物になるのもわかるね」

貫作はときおりこうやって、めずらしい食い物をみやげに持って来てくれる。

「バチが当たりそうなほどうまいな」

「だろ。わしらも長くねえんだ。せめて、うまいものくらいは食おうよ」

「まあな」

「でも、兄い。さっき入って来たときは、なんだかひどい顔をしてたね」

「そうか。ちょうど朝鮮の役のことを思い出していたのでな」

「ああ。あれはひどい戦さだったらしいね」

「ひどいなんてもんじゃねえ。みな、疲れ果てていたものさ」

「そうらしいねえ」

和五助が渡ったのは、慶長三年になってからで、この年に朝鮮出兵は終結した。二歳下の貫作は、朝鮮には行っていない。

「それより、ここに来ている喬太さんという若者のおやじなんだがな、驚いたことに鉄砲源太だった」

「え、あの鉄砲づくりの名人の？」

貫作は声を落とした。

大川に小名木川が入り込む水の音が聞こえている。

「ああ。つくるだけじゃねえ。撃つのもうまかったのさ。でも、倅はそれを知らないみたいだった。細工師だと思っている」

「まあ、鉄砲源太なら、そこらの細工くらいは楽々できるだろうから」

「鉄砲源太の撃つ弾は丸くねえって話を聞いたことがある」

と、和五助は言った。

「弾が丸くねえ？　どういうことだ、兄い？」

「わからねえよ。なんせ天才みたいな人だったっていうからな。しかも、あの大火のときに死んだことになっているらしい」

「生きてるのかい？」

「わからねえんだ。だが、もし生きていたとしても、のこのこ倅に会いに来るようなことはねえだろうな……」

「そうか。鉄砲源太の倅か」

と、和五助ばかりでなく、貫作もなにやら感慨深げなのだ。

「今日はその喬太さんと、鍼の話になった。どうも、悪事に使われたらしい」

「へえ。まあ、悪党が使えば、なんだって武器になっちまうからね」

「そういうこった。だが、おめえはまだ鍼の打ちかたは覚えてるかい？　昔はずいぶん一生懸命だったが」

「そりゃあ、覚えてるさ。いまだってときどきはやってるよ」

「へえ。ちょっとやってみてくれよ」

「そりゃあいいけど」

貫作がやる気になったので、和五助は針を何本も用意した。これをいきなり打つと膿《う》んだりする。ろうそくの火でいったん焼くようにし、冷ましてから打つ。

「力がなくなるツボってのはあったかな？」

「あるとも。ここんとこだよ」

と、貫作が手と耳たぶに打った。

腕や背筋がいったん突っ張ったようになるが、やがて身体全体にじんわりと心地よさが広がる。

「ああ、効いてきたな」

「兄ぃ、あっしにも同じところに打ってくれよ」

「よし、わかった」

と、和五助と貫作とで、鍼の打ちっこを始めていた。

「おう、ここは効くなあ」

肘の後ろに針が刺さっている。

「たしか、ここも効いたはずだぜ」

と、貫作は和五助の二の腕にも打った。

「お、なんだか身体がぴくぴくしてきた」

「それがいいのさ。兄ぃ、あっしにも打ってみてくれ」

「よう、貫作。こんなところを他人に見られたら、どう思うかな……」

「ジジイ二人が妙な遊びをしてるって思うだろうな」

「こりゃあ、まぶたが重いぜ」

「おかしいなあ。意識を失ったりさせるのは無理だって聞いたがね」

「でも、疲れが取れてゆったりしたら、眠くなっちまうって」

「そら、そうだ」

「おい、貫作、二人で寝ちまったらまずくねえか。寝っぱなしだろうが」

「ほんとだ、まずいよ。兄ぃ、それを早く言ってくれよ」

「もう駄目だ……」

「おれも駄目だ……」


「起きてよ、じっちゃん。貫作さん」

かわいい顔が和五助をのぞきこんでいる。番屋の男がたまに訪ねて来ると言っていた和五助の孫娘だった。

十七だが、あどけなさが残っている。

こぢんまりした顔で、いくらか和五助の面影もうかがえる。

「おう、おしのか」

和五助は起き上がってのびをした。寝ていたといっても、せいぜい半刻くらいではないか。だが、疲れが取れてすっきりしている。

貫作のほうものそのそ起き上がった。

「なにやってたの」

と、おしのが気味が悪そうに訊いた。視線の先には、針がある。

「あ、この針か。あっはっは」

和五助と貫作は互いに刺し合った針を一本ずつ抜いていく。二人で五本ずつ刺していた。

「なあに、くだらないことだよ」

「そうそう。悪い爺さんだよな。孫に心配かけて」

二人は顔を見合わせて苦笑した。

「あたし、びっくりしたよ。針刺さってるし。二人いっしょに死んじゃったのかと思って。でも、安らかに息はしてたし、じっちゃんたち、前にもこんなようなことしてたのを思い出して」

「してたかな」

「変な煙草みたいなやつ吸ってたでしょ」

馬鹿みたいなことも、しこたましてきた人たちなのだ。

「それより、おしのもこんな夜更けにどうしたんだ？」

「父上が霊巌島に用があるというので、ここまで舟に乗せてもらったの。帰りにまた寄るって言ってたよ」

「また、あいつに説教されるのもなあ」

と、和五助はうんざりしたような顔をした。

「兄いの倅は真面目だからね」

「うちのも貫作のところみたいに、商売でもやりゃあよかったんだ。下っ端の武士なんざ、面白いこともなかろうが」

「まあ、人それぞれ性分というのもあるからね」

貫作がそう言うと、おしのが、

「そうそう。うちの父親なんて固いばっかりで、ほんと面白くない人だもの」

と言った。その口ぶりが、まるで女房の愚痴のようだったので、和五助と貫作は顔を見合わせて大笑いしたのだった。

六

渡辺弥太兵衛を殺した手口と、「ぶざんの者」の意味についてはぼんやり見当がついたけれど、そこから調べはまったく進まなくなった。万二郎に尻を叩かれ、喬太たち下っ引きはずいぶんと訊ね歩いているが、手がかりは何も浮かばない。

長屋の者もとくに怪しい者を見たということはなく、誰もが、

「渡辺さまがおかしなことをするなんてことはありえねえ」

と、人格者ぶりに太鼓判を押すようなことを言った。

もうひとつの手がかりとも言える「せともの町の」という文言についても、もちろん探って歩いた。あの界隈の裏長屋あたりに怪しいのがひそんでいないか、万二郎と下っ引きたちは町役人のところや番屋で連日、訊き込みをつづけた。

だが、こちらもそれらしい者は浮かびあがってこない。かわりに八十吉が火付け癖のある男を捕まえたのが、唯一の収穫だった。

その悪事が起きて、半月ほど経とうとしたころ——。

渡辺の娘のおこんが嫁に行った品川屋から、小僧が駆けてきた。

「おかみさんが親分においで願えないかって申しております」

「どうした？」

「おかみさんのお父上のことを知っている人が来たんだそうです」

「よし、わかった。喬太、おめえも来い」

「はい」

丑松がちらりとこっちを見た。丑松には似合わない寂しそうな顔である。なんだか済まない気がしてしまう。

駆けつけると、そこにいたのは五十歳くらいのだいぶ髪が薄くなった男で、

「森下宗兵衛《もりしたそうべえ》といいます」

と、名乗った。

ひさしぶりにあの長屋を訪ねたら、渡辺弥太兵衛は亡くなったというので、位牌《いはい》があるという品川屋にやって来たのだ。あの長屋は、葬儀が終わったあとに引き払い、いまはまだ空き家になっている。

「父のくわしい話は、この方がご存知でした」

と、おこんが言うと、森下はうなずいて、

「親の代から渡辺さまの家に仕えていたのですが、渡辺さまが浪人なさいましたので、あたしも召し放ちになりました。だが、渡辺さまはいい人でしたので、ずいぶん心配してくれたりしたものです」

「そうでしょうな」

と、万二郎はうなずいた。

「その後、あたしは西国の大名屋敷に中間として雇われ、どうにか暮らしもなりたつようになりました。その後、二度ほどは長屋のほうにもうかがっております。この前は五年ほど前でしたか。はい、お嬢さまはもう、こちらにお嫁に出ておられて、ただ、ひさしぶりに異国の言葉を使うので稽古をしているのだとおっしゃってました」

「異国の言葉？」

と、万二郎が驚いて訊いた。

「はい。渡辺さまは、朝鮮の言葉がおできになったのです。かつて、朝鮮から連れてきた陶工が屋敷にいて、お若いときからその人に言葉を習っていたそうです」

「なぜ、ひさしぶりに使うことになったんですかね？」

「朝鮮通信使の一行というのが江戸に来ていたのです。その人たちが江戸にいるあいだに話をするのだとおっしゃってました」

「どういうことを話すつもりだったのでしょう?」

と、おこんが訊いた。

「くわしくはうかがいませんでしたが、なんでも朝鮮通信使と商いをしたがっている者と知り合いになって、助けてあげるのだと……」

「まさか、密貿易のようなことを?」

おこんは眉を曇らせた。

「それはないですよ、お嬢さま」

と、森下宗兵衛は笑った。

「渡辺さまは、根が清廉潔白なお人ですから、たとえ浪人なさっていても、悪事に走ることはないはずです。話の端々から、通信使の一行から身のまわりの品を譲り受けるような交渉でもするのだと感じました」

「ああ、なるほど」

と、おこんはうなずいた。

森下はほかにはとくに思い出すこともなかったし、居所もわかったので、帰ってもらうことにした。

「とりあえず、わたしは安心しました」

と、おこんは言った。

「安心ですかい？」

「ええ。悪事に加担していたらどうしようと思いましたが、そうではなさそうでしたでしょう。昔から朝鮮の言葉ができたなんてちっとも知りませんでした。父の特技だったのですから、家宝が役に立ったというのもまんざら嘘ではなかったのだと思います」

「でも、おこんさん。下手人にはまだ、つながりませんぜ」

と、万二郎が言った。

「そうですね」

「とりあえず、朝鮮通信使とやらの足取りを追ってみますが、連中はもういないでしょうし、しかも五年前のこととなるとね……」

万二郎は、あまり期待をしていないようだった。

丑松といっしょに喬太が日課になっている小網神社の掃除をしていると、めずらしく神主が出てきた。ここはお稲荷さんなのにこの神主は狸《たぬき》のような顔をしている。しかも、町のうわさではやたらと商売っ気があるそうで、小金を貸したりもしているらしい。

その神主が、嫌な笑みを浮かべてやって来て、

「今度、こういうものを出すことにしたのだ」

と言った。手に、小さな棒が詰まった筒を持っている。

「なんですか？」

と、喬太が訊いた。

「御神籤《おみくじ》というものだ。二銭の賽銭を出せば引かせてやる」

「いいですよ」

と、首を横に振った。そんなものに二銭を使うくらいなら飴玉でも買ったほうがいい。

「いや、いまはただでよい。引いてみてくれ。この先の運勢がわかるぞ」

と、目の前に突き出してきた。

仕方がないので、喬太と丑松で一本ずつ引いた。

棒の先に丸めた紙がついている。それを外して広げた。

「中吉」

と、大きくあり、その下にいくつか細々《こまごま》と書いてある。「縁談」や「商い」などという文字も見えたが、そんなものはなんの関係もない。

神主がのぞきこんで、

「ほほう。探し物は意外なところから出る、とあるな」

と、言った。喬太は、

――自分で書いたんだろうが。

と思ったが、そんなことは言わず、適当にうなずいた。

丑松は、「末吉」だったが、神主が、

「おっ、婚姻は遠からず、とあるぞ」

「なんでえ、婚姻て？」

「嫁だ。嫁が来るのさ」

「当たるかい。こんなもの」

と、丑松は赤い顔になって悪態をついた。

だが、本当に喬太の探し物は意外なところから出たのである。

その翌日——。

喬太がしばらく前に本屋で万引きした男を見つけたのは、両国橋の真ん中でだった。

右目のわきに大きな黒子があり、それでよく覚えていた。歳はせいぜい二十二、三といったところだろう。

気落ちした顔で、橋の下の流れを見つめている。

はじめは飛び込むんじゃないかと心配し、顔を見て、あのときの男だと気づいたのだ。

喬太は捕まえる気にはなれない。

どうしても学びたいことがあったのに、金がない。思わず盗んでしまった。

そういうところだろう。ひょっとしたら、自分もそんな気持ちにならないとは限らない。

しかも、この男のおかげで汚れてはいたが本を一冊もらうことになった。

喬太はそばに寄った。

「この前、本を盗みましたよね」

静かな声で言う。

「あっ」

逃げようとしたのを、袖を摑んで、

「待ってください。捕まえようというんじゃないですから。おいらも気持ちはわかりますよ。本というのは高いものだから、若い者がおいそれとは買えませんしね」

「ちょっと調べたいことがあったんだよ。それでつい懐に入れてしまったんだ。ここんとこ、心配ごとがあってさ」

「だからって大川に飛び込むのは」

「それはしないさ。たぶん」

「自信なさそうですよ」

川の下を大きな荷船がゆっくりと下っていく。へたに飛び降りると、ああいうのにもぶつかったりする。

「騙《だま》されたんだよ」

と、男は吐き出すように言った。

はならない。

「騙された?」

よくあることだと内心で思った。だからといって、自分が万引きをしていい理由に

「白磁のいいものだと言われて買い付け、欲しがっていた人にすぐに売ったんだが、どうもいっしょに買ったものをよく見ると、贋物《にせもの》臭いんだよ。売りつけたのは大身《たいしん》のお旗本で、いまは喜んで飾っているが、そのうちわかるかと思うと、気が気ではないのさ。斬りつけられるかもしれない。どっちにせよ、うちのところのような小さな店はつぶれるさ。おやじが急に死んで、あとを継いだんだけど、やっぱり商売は難しいよ」

どこかで聞いたような話ではないか。

喬太だって父がいなくなり、あとを継ぐのに失敗した。

他人事ではない。

「だから、朝鮮の文物のことを調べたかった。あれは長崎の本だったけど、そこらのことも載っていただろ」

「それって、まさか朝鮮通信使とかかわりが……」

「ああ、そうさ。朝鮮通信使から出た逸品だって」

間違いない。渡辺を殺したぶざんの者たちのしわざだ。

「ちょっと待ってください。それは解決してあげられるかもしれませんよ」

「なんだって？」

「そいつらのいるところはわかりますかい？」

「わかります」

向かったのは、瀬戸物町だった。


同心の根本進八の指揮のもとに、万二郎と下っ引きたちが周囲から調べを進めていった。

ぶざんの者たちは、瀬戸物町で〈対馬屋〉という、ちゃんとした瀬戸物屋を営んでいたのである。

裏長屋の怪しいやつなど探しても、無駄なはずだった。

対馬屋は間口二間の瀬戸物屋にしては景気がよく、あるじと手代の二人はしばしば吉原で豪遊しているらしい。

しかも、手代には正式の妻ではないおきぬという女がいて、これはこれで贅沢な着物やらかんざしやらを買い集めているという。

おそらく渡辺が「ぶざんの者」と言ったのは、ここのあるじと手代の一人、そしておきぬの三人であるらしかった。

根本の考えで、まずは手代だけを近くの番屋に引っ張った。

こいつがいちばん口が軽いという勘は当たり、この男から、悪事の全貌《ぜんぼう》を聞き出すことができた。

この対馬屋の手代は、町人だが若いときに剣術に熱中し、道場に通ったことがあった。渡辺弥太兵衛はその道場の師範だった。

そんなことで知り合いになった二人だったが、しばらく経って再会したとき、たまたま手代と暮らすようになっていたおきぬという女から聞いた朝鮮通信使の話になった。その際、渡辺が向こうの言葉ができるということがわかった。

おきぬは朝鮮の血を引く女だが、言葉はまったくできない。だが、母や祖父を通して、いろいろ知識はあった。そこに言葉ができる者がいたらなにか金もうけにつながるのではないか。三人でそんな話になったのだった。

それからしばらくして――。

江戸に朝鮮通信使の一行がやってきた。いまから五年前のことである。このとき、渡辺の言葉を活かして接触し、彼らの文物を数多く融通してもらった。それを売りさばいたのである。

そのとき、自分の手元にあったいくらか怪しげな文物まで高く売れ、渡辺もこのときはこうした取引で小金を得た。

だが、対馬屋の連中は、日本でつくったものまで朝鮮通信使が持ってきたものだと嘘をつき、ひそかに売りつけていた。喬太が両国橋で出会った男もこの詐欺に引っかかったのである。

この手口を思いついたのはおきぬだったという。

渡辺はそれに気づき、

「騙すことはあいならぬ」

と、反対した。

しかも、そうした悪事をつづけるなら、町方に訴えると脅した。

渡辺は邪魔者になった。

おきぬは、祖父から伝わった鍼の術を身につけていた。

なお、渡辺には三人とも釜山に血縁があるようなことを語っていたが、本当に釜山の者の血を引いていたのはこのおきぬだけで、あとの二人は朝鮮には縁もゆかりもなかった。

渡辺はすでに老いてはいたが、腕は立った。

だから、むざむざ殺されることはないのだが——。

女と油断して、鍼で殺されたのだ。

手代の次にしょっぴかれたおきぬは、大番屋での取調べに、

「鍼で気持ちよくなったところを、うちのやつが来て刺すはずだったんですが、あんまり深く寝入ってしまったんで、あたしが急所に……」

と、白状し、

「無理やりつれて来られて、帰る手立てもなく、三代経つと言葉も忘れちまった。伝わったのはこの鍼の術だけですからね」

悔しそうにそう言った。

それを聞いたとき、鍼は小さな槍なのだ、と喬太は思った。三代かけてくり出した

小さな槍。

「あ、それと意味のわからない歌も」

と言って、おきぬは大番屋の中で小さな声でその歌を口ずさんだ。

甘くて切ない、せせらぎのようにきれいな歌だった。

このとき大番屋の中には、奉行所から与力、同心、中間たちが大勢来ていたが、皆、この歌に耳を傾け、誰一人止めようとはしなかったという。


「なるほど、小さな槍ですか。そうかもしれません。あたしも向こうから引き上げてくるときに、無理やり連れて来られたらしい一行と同じ船になりました。なんとも悲しい眼をしていましたっけ」

喬太から話を聞いた和五助はそう言って何度もうなずいた。

「哀れですね」

「そういえば、ひどいところに押し込められていると、小さな傷でもなかなか治りませんでね。ここに染みのような痕がありますでしょう」

と、和五助は手の甲を見せた。雷雲のような不穏な感じがする痕だった。

「これは最初、ひっかき傷みたいなものだったのが、膿《う》みましてね。とうとうその膿に蛆虫《うじむし》まで巣食ったみたいになったのです」

「うわあ」

と、喬太は顔をしかめた。汚い話は好きではない。

「ごめんなさいよ。でも、いくさというのは汚いものなんですよ」

「汚いものですか……」

いくさは勇ましいものというようなことは、しばしば聞かされてきた気がする。寺子屋で、あるいは道端で。いくさの話をするのが好きだった近所の年寄りも、まるで祭りの余韻にでもひたるような顔つきで、合戦の勇壮さを語ったものだった。

いくさは汚いとはっきり言ったのは、和五助が初めてではないか。だが、それは真実なのだと喬太は思った。

——ん？

ふいに戸が開いた。外はもう暗い。夜風はだいぶ涼しくなった。

貫作が背を見せながら入ってきた。

「アカ、ブチ、入れ」

貫作に言われて、犬が二匹入ってきた。

犬たちは中に入ると、戸口の両脇に座り、がるるとかすかに啼いた。

「和五兄い。来てるぜ」

貫作は緊張している。この人にはめずらしい、と喬太は思った。素面でもいつもすこし酔ったようなひょうきんさが漂う人だった。

「そうか。鳩の報せにも書いたが、おとといあたりから見張られていた。今日あたりだと思ってたよ」

和五助はそう言って、小さなひょうそくの明かりを吹き消した。点いているときには感じなかった魚油の生臭い匂いが部屋に流れた。

月齢は十二日である。中の明かりが消えると淡い光が窓から差し込んでいるのが見えた。

「まったく兄ぃの勘はあいかわらず外れねえよ」

喬太にはなんのことやらわからない。

「何人だ？」

と、和五助は貫作に訊いた。

「おそらく四人だな」

和五助は立ち上がって、窓の格子越しに外を見た。高台にあるから周囲はよく見えているはずである。

逆に向こうからは家全体が樹木におおわれるようになっていて、こっちは見にくいかもしれない。

和五助は目を細めて、闇の中を見つめ、

「火矢が来るな」

と、静かな声で言った。

床下から急いで弓矢や短刀、それに喬太にはわからないいくつかの道具が出された。

二人はそれらを次々に身につけ始める。

「みゃお」

と外で猫の鳴き声がした。

「まだ、外にいたのか」

和五助はそう言って、戸の下を横に引いた。

五寸四方ほどの隙間ができ、いつもいる猫が飛び込んできて、部屋の隅にうずくまった。

　啞然としていた喬太だったが、ふいに我に返って訊いた。

「手伝いますか？」

　断わられるかと思ったが、

「そうですね。じゃあ、そこの窓から裏手を見張っていてもらえますか？」

　と、和五助は北側の窓を指差した。

「わかりました」

　さきの和五助の姿を見習い、隠れるようにして、すこしだけ顔を出し、窓の外を見た。こっちは馬小屋と木があり、その向こうに大川と両国橋あたりの町の灯が見えるだけだった。

「兄ぃ。一人くらいは捕まえるか？」

　窓の外に向かって矢を振り絞りながら、貫助が訊いた。

「いや、いいだろう。どうせうわさを小耳にはさんだだけの小者どもだ」

「じゃあ、あとは大川に流すだけだな」

　二人はなにか物騒な話をしたのではないか。撃退するとかいうのではなく、四人とも葬ってしまおうという相談だったのではないか。

さっきはいくさへの嫌悪を語った和五助が、いまは兵士そのものの顔になっていた。

「兄い。今度のやつらも馬鹿だな。火なんか使えば、てめえらの姿もよく見えるのにな」

と、貫作は言い、いっぱいに振り絞った矢をためらいもなく放った。

弓の弦がぶるんと音を立てた。

「やったかな」

貫作は目を凝らした。

「よし、やったみたいだ。おっ、一人駆け寄ったぜ。あれもいただきだ」

つづけてもう一本、矢を放ったが、

「しまった。はずした」

と舌打ちした。

「なあに。どうってことない」

和五助は落ち着いて外を見ている。

カッ、カッ。

と、家の外壁に矢が突き刺さったような音がした。

火矢らしい。窓の向こうが明るくなっている。火が燃え移ったら、大変なことになるのではないか。三年前の大火のときに見た、家が焼け崩れる光景が脳裏に浮かんだ。

だが、不思議なことが起きた。

和五助が壁のどこかをいじったようだった。すると、火矢が刺さったあたりの壁半分がぐるりと回ったのである。

——なんだ？

喬太は目を瞠った。

外側の壁が内側に来ていた。そこには火矢が二本、突き刺さっていたが、和五助はこれを刀で斬り落とし、足で踏みつけて消してしまった。

さぞかし向こうも啞然としているだろう。

「やるか」

和五助はそう言うと、出入り口の戸を大きく開け放った。

「行け。アカ、ブチ」

和五助がそう命じると、二匹の犬が吠えながら矢のように飛び出した。あの犬たちが吠えたのを聞いたのは初めてではないか。

喬太は持ち場を忘れ、思わず反対側の窓をのぞきこんだ。

二匹は途中で左右に分かれた。犬たちが宙に飛んだ。

「よし、いまだ」

その上あたりに和五助と貫作がそれぞれ矢を放った。

すぐに二の矢を継いだが、今度は撃たずにじっと闇の向こうを見ている。

「やったな、貫作」

「ああ」

喬太もほっとして、北側の窓のところにもどった。

そのとき、窓の向こうを、影が横切った気がした。

敵が四人なら、もう一人いるのではないか。

「いま、影がそこを」

喬太がそう言ったとき、開け放してあった戸口から、

「ジジイどもが」

と、いきなり男が斬りこんできた。大きな男だった。

刀が和五助に向かって振り下ろされた。

その刀を和五助が手で受けた。

——あっ。

喬太は思わず目をつむった。腕が転がる音を聞いたような気がした。

だが、ちがった。ガツッという音がした。和五助の腕には鉄の輪がはめられていて、それで敵の刀を受け止めたのだった。しかも、右手の短刀が敵の腹に突き刺さっていた。

男は苦しげに言った。

「糞ジジイどもが。十万両をどこに……」

横から貫作が突進した。横腹から胸に、短刀の切っ先が突き出た。

男は仰向けに倒れ、上半身を家の壁にぶつけた。

二人はまだ油断しない。

耳をすませ、外の気配をうかがった。

二匹の犬が、ゆっくりともどってきた。これでようやく、警戒心を解き放った。

「終わりましたよ、喬太さん」

喬太は腰がくだけたようにしゃがみこんだ。そんな喬太のところに犬が二匹やってきて、顔じゅうぺろぺろと舐め回した。しっかりしろと言われているようだった。

家の中に倒れている男の言葉がよみがえった。

――十万両と言わなかったか。

十万両と言ったら、千両箱で百箱ではないか。それをこの老人たちが盗んだか、隠したかしたというのか。

「驚いたでしょう？」

と、和五助が訊いた。すでに笑みが戻っている。

「はい。それはもう」

こんなに驚いたことはない。襲撃されたことも驚きだが、目の前の、この年寄り二人の凄さはどうだろう。

「じゃあ、兄い、流してくるぜ」

貫作はそう言って、中に倒れていた男を外へ引きずり出した。

和五助も手伝うつもりらしく、外へ出て行きかけたが、ふと振り返って、

「喬太さんもとんだところに行き合わせてしまいましたね」

と、済まなそうに言った。

「なんですか、いまのは？」

「なあに、ときどきあることなのですよ」

和五助はこともなげに言った。

「ときどき……」

いったいこの年寄りは何者なのか、喬太にはまったくわからなくなっていた。

この作品は書き下ろしです。原稿枚数300枚(400字詰め)。

幻冬舎文庫

●最新刊
処刑御使
荒山　徹

立身の夢を描いて長州藩相模警備隊に参加した少年、伊藤俊輔は着任早々、「処刑御使」と名乗る謎の刺客に次々と襲われる。その恐るべき狙いとは？　伝奇時代小説の鬼才が放つ白熱の幕末異聞。

●最新刊
船手奉行うたかた日記
咲残る
井川香四郎

南町奉行所与力平瀬小十郎の娘・美和が男たちに囲まれていた。双方の事情を聞いて早乙女薙左は一計を案じる。だがそれは、思いも寄らない大事件へと繋がっていった！　待望のシリーズ第四弾！

●最新刊
糸針屋見立帖
韋駄天《いだてん》おんな
稲葉　稔

糸針屋の女主・千早のもとに転がり込んできた天真爛漫な娘・夏が、岡っ引きの手伝いを始めたある日、同じ長屋の住人が殺される。下手人捜しをするうちに、二人は、事件に巻き込まれ——。

●最新刊
恋いちもんめ
宇江佐真理

年頃を迎えたお初の前に、前触れもなく現れた若い男。彼女の見合い相手と身を明かす栄蔵にお初が惹かれはじめた矢先、事件は起こった……。純愛の行き着く先は？　感涙止まぬ、傑作時代小説。

●最新刊
丁半小僧武吉伝
面影探し
沖田正午

川越の呉服問屋に奉公する少年武吉は、使いに出た先で悪徳金貸しの一味に遭遇。母を慕う武吉のもとへ降りかかる災難を、賽子勝負で払えるのか——？　丁半博奕の天才少年を描く痛快時代小説。

幻冬舎文庫

●最新刊
ぐずろ兵衛うにゃ桜
忘れ文
坂岡 真

十手持ちの六兵衛は、出世にも手柄をたてることにも興味がない。そんな彼が忘れ物の書物の間に血のついた懸想文を見つけたことから、ある若者の切ない恋路を辿るはめに陥る。人情時代小説。

●最新刊
公事宿事件書留帳十三
雨女
澤田ふじ子

篠突く雨に打たれて長屋の木戸門にもたれかかる妙齢の女を助けた岩三郎。二人の暮らしぶりが長屋の噂になり始めたころ、彼は思わぬ事実を知らされる……。傑作時代小説シリーズ、第十三集。

●最新刊
剣客春秋 恋敵
鳥羽 亮

切っ先から光輪を発するという剣客による道場破りが相次ぐなか、彦四郎の生家「華村」の包丁人が殺された。千坂藤兵衛が辿りついた事件の真相とは？ 人気時代小説シリーズ、第五弾！

●最新刊
定年影奉行仕置控
幕末大江戸だまし絵図
葉治英哉

大恩ある村田屋のため、あらぬ罪を被って島流しとなった手代の清吉。だが村田屋は、大番頭・久五郎の奸計によって瓦解していた――。老いて益々壮んな定年影奉行が江戸の悪を裁く傑作時代小説。

●最新刊
閻魔《えんま》亭《てい》事件草紙
夏は陽炎《かげろう》
藤井邦夫

夏目倫太郎は、北町奉行所与力大久保忠左衛門の甥でありながら、戯作者を目指す変わり者。料亭の一人娘が行方知れずだと聞き、調べ始めた倫太郎が知った衝撃の真相とは？ 新シリーズ第一弾！

爺《じじ》いとひよこの捕物帳《とりものちょう》

七十七《ななじゅうなな》の傷《きず》

風野真知雄《かぜのまちお》

平成20年6月10日　初版発行
平成23年9月10日　3版発行

発行人――石原正康
編集人――菊地朱雅子
発行所――株式会社幻冬舎
〒151-0051東京都渋谷区千駄ヶ谷4-9-7
電話　03(5411)6222(営業)
03(5411)6211(編集)
振替00120-8-767643
印刷・製本―図書印刷株式会社
装丁者――高橋雅之

幻冬舎時代小説文庫

ISBN978-4-344-41139-5　C0193　か-25-1